可愛いあの子を囲い込むには
～召喚された運命の番～

Characters
登場人物紹介
ステラリオ
人間の国で「麗しのエルフ様」として
魔獣の駆除をしている。
外面はいいが、本当は口が悪い。
シズカ
聖女召喚によって召喚された
二人の人間のうちの一人。
素直で優しい性格だが、
元の世界では虐待されて
いたようで……!?

ニコラス
マリアの夫。マリアと同様、妖精族。
ロイド
ステラリオの住む世界の人間の国の王子。
マリア
ステラリオを世話している妖精族のおばあちゃん。
ヤサ
ステラリオを育てた長老的なエルフ、ちょっと変わり者。
マイカ
シズカと一緒に日本から召喚された聖女。性格が悪く、シズカを虐めていた。

目次

可愛いあの子を囲い込むには　～召喚された運命の番～　7

番外編　我、魔王のマオぞ！　241

可愛いあの子を囲い込むには

～召喚された運命の番～

第一章

「――おぉっ！」

「現れた……！　現れなさったぞ……」

「なんという美しさ……聖女様とは女神のことか……！」

あー、うぜぇ。せっかく昼寝をしていたのにざわざわと煩《うるさ》くて寝られやしない。

俺は騒ぎが起きている神殿の中を覗き見た。

聖女召喚とはいかがなものなのか。魔法陣の上に現れたのは二人のようだ。

確かに片割れは小柄で愛らしいと言われるであろう姿かたちをしている。

……と、思う。世間一般的に。

ふるふるとその小さな身体を揺らし、涙でいっぱいの大きな瞳を上目遣いにして辺りを見渡すその姿に、三人の男が我先にと駆け寄った。

「突然で申し訳ないことをした非礼を詫《わ》びる。私たちは聖女を召喚していた。そこに現れたのが貴女だ。……聖女様、どうか私たちを助けてはいただけないだろうか？　そしてどうか美しい貴女の名を教えてはいただけないか？」

「……マイカです」

「名まで美しいとは……」

ほぅ、とうっとりと息を吐くこの国の馬鹿王子。しかも第一。王にもマトモな第二王子にも止められていたのに、勝手に聖女召喚なんてしやがった馬鹿な奴。

……不敬罪？　んなもん知らん。胸の中では何を言っても自由だし、俺なら声に出したとしても裁けないだろう。万が一罪に問われたところで、全員ぶっ殺せば良いだけだ。

加えて代替わりしたばかりの近衛《このえ》騎士団長と神官長、王子の学友であった二人が、でれでれとその女に礼を取る。

それをよそに、俺は自分の欲しいものを得ることにした。さっきまで神殿の裏で昼寝していたなんて誰からも思われないような優雅な足取りでそっと中へ入る。

「これはこれは。貴方がたが神殿に集まるとは何事です？」

「エルフ様……！　聖女召喚に成功しました！　これで貴方様がおらずとも、この国は安泰です」

「はい。そのようですね。この度はおめでとうございます。して、私には召喚者が二人に見えますが、どちらも聖女なのでしょうか？」

もう一人。甘ったるい声と吐き気がするほどの作りものの香りがしないほう。

瞳を隠すくらい長い漆黒《しっこく》の前髪。ガタガタと震える身体を自分で抱き締めるその腕は細くて頼りない。彼に庇護《ひご》欲《よく》をそそられるのは俺だけか？

「あっ、あの……！」

「はい、なんでしょう？」

「この子はうちの召使いで……私の下に魔法陣が出て……それで、わたし……すごく怖くて……」

男たちに囲まれた小柄な女がしゃしゃり出てきた。チッと舌打ちしそうになるのを張り付けた笑みで隠す。

人の問いかけに勝手に答えて怖かったとか、糞《くそ》ほどどうでも良い。発言するなら質問に答えろ。

無言で微笑《ほほえ》み続《つづ》けていると、彼女は頬を赤く染めて上目遣いをする。……気持ちわりぃ。

「あの、だから、この子は関係なくて私が聖女で間違いないと思います……！　私、この国の人たちのために頑張ります！」

女の言葉に嬉しそうに応える馬鹿三人。もう一人の召喚者に名乗ることも詫《わ》びることもない。揃《そろ》いも揃《そろ》って阿呆《あほ》すぎる。

「マイカ、じゃあこの汚いのはいらないよね？　どうする？　市民権くらいは与えてやろうか？」

「そんな……私に巻き込まれて来てしまったのだし、優しくしてあげてください」

「あぁ、マイカは本当に優しい子なんだね？　やはり聖女とは女神のことだったのか。……おい、そこの汚いの、暫《しばら》く王宮にいさせてやるから早々に自立する術《すべ》を身につけろ。役立たずを養う暇も金もない」

びくりと肩を震わせるその子を早く温めてあげたくて、俺の気は急《せ》く。逸《はや》る心を抑えて、ゆったりと優美に声を上げた。

「それでは、その者は私が世話をしましょう」

「え!?　エルフさんは忙しいでしょう？　この子を任せるのは申し訳ないです……それに、私もいきなりこんなことがあって不安で……エルフさんには一緒にいてほしいです」

自分の不安を解消するためならばこの子は独《ひと》りぼっちで良いと。いきなり召喚されて不安なのはこの子も一緒だし、そもそもこの女は不安がってなどいない。

「何を仰《おっしゃ》いますか。聖女様にはこれ以上ないほどの騎士が三人もついていらっしゃいます。ね？　王子方？」

面倒すぎて馬鹿王子に振ると、彼は嬉しそうに笑う。

「あぁ！　私たちがいるからマイカは何も心配しなくて良い。エルフ様は助手を欲しがっていたからな！　そいつで人体実験でもすれば良い」

男三人では不満なのか、チラチラとこちらへ視線を投げつけてくる女に背を向け、俺は異空間から契約書を取り出した。

「では王子、こちらの書類にサインを。この者の全ての権限は私にあり、たとえ王族や聖女でもそれは破れません」

「えっ、待ってっ！」と小さな声で止める聖女に、王子は躊躇《ためら》う様子を見せる。俺は心の中で舌打ちした。

「王子がサインしてくだされば、私も聖女には近づかず、彼女に関することは全て王子に許可を取ると誓いをたてます」

これには王子も頷《うなず》き、すぐにペンを取る。ライバルは少しでも少ないほうが良いのだろう。

だが、そもそもこんな女はいらねぇ。頼まれても近づきたくはないが、良い取引ができた。

俺はほくそ笑みながら、うるうると見詰めてくる聖女の横で震える可愛い子を抱き上げる。

「すみませんっ！　この子、掃除用のバケツの水を誤って被っていて、とても汚いの。エルフさんも汚れてしまいます。自分で歩こうともしないなんて……本当にこんな子でごめんなさいっ」

「マイカが謝ることなど何もない。おいお前、召使いの分際でエルフ様の御手を煩《わずら》わせるなど何を考えている。自分の足で立て」

腕の中に収まっている子の腕を取ろうと手を伸ばす王子に、思わず攻撃魔法を発動しそうになる。

……あぁ、下りようと藻掻《もが》くな。ずっと腕の中にいてほしい。

「どうやったら誤って掃除用の汚水を頭から被るのでしょうか？　かけられた、ならわかりますが」

「え？」

「お気遣いありがとうございます。私は大丈夫ですよ」

女はお優しいですねと言われるとでも思っていたのか。バケツを倒したなら足元が濡れるだけだ。頭から水を被るなんて、かけられた以外にあるものか。

抱き上げた時にクリーンの魔法をかけてある。俺は自分が汚れても触れていたいが、この子は気にしてしまうだろう。

可愛いこの子を聖女と認めてなんかやるものか。魔力量だけでみれば、俺と同等。

くつくつと洩《も》れ出《で》る笑みを隠しもせず、震えながら固まるこの子を、自分でも驚くほど優しく、真綿に触れるように抱き締めた。


今日、神殿にいて良かった。

ここの裏庭の林檎《りんご》の木の木陰《こかげ》は気持ちが良くて昼寝に最適なのだ。

気配を消していたとはいえ、俺に気付かず聖女を召喚とは……第一王子の浅はかさに王たちが気の毒すぎるが、どうでも良い。

神殿の重い石の扉が閉まると同時に、俺は自分の屋敷へ転移する。

腕の中にはカチカチに固まって、冷たい身体。

とりあえず風呂か。

温かい湯を張った浴槽に服を着せたまま、一瞬でも離したくなくて、彼を抱いた状態で腰を下ろした。

俯《うつむ》いて自分を掻《か》き抱《いだ》く姿は、変わらず痛々しい。問いかけに返答もない。

絶望と恐怖。

この子から感じるのはそれだけ。

湯気で湿った長い前髪を後ろへ撫《な》で付《つ》けようと後頭部にキスして、その小さな額《ひたい》に掌《てのひら》をつけた。

その瞬間、反応がある。

「……あ、ごめ……なさい」

パシャリと湯を切って、手を払《はら》い除《の》けられたのだ。

まぁ、当たり前だろう。それなのに、謝るのはこの子の性格か。

「いや、急に驚かせたな。悪い。俺はステラリオ・パンドルフィーニ。見ての通りエルフだ。お前、エルフはわかるか？」

「……はい。あの――」

「うん？　どうした？」

頭を撫《な》でるくらいなら怖がらせないだろうか。

怖がらせたくはないから、髪に触れるだけに留める。

「さっきと、話し方とか……」

「ん？　あぁ、こっちが素《す》。あっちはいかにもエルフ様っぽくしてんの。敵もできにくいし、めんどくせぇし。……怖いか？」

素《す》はこっちだが、怖がらせるくらいなら優しくて穏やかなエルフ様にだってなろう。

身動《みじろ》ぎ、後ろを振り向くその髪に隠れた瞳は漆黒《しっこく》。あの女の上目遣いには虫酸《むしず》が走ったが、この子の上目遣いは、滾《たぎ》る。

「えと、今の話し方のほうが良い……です」

「お前も素《す》で良い。敬語はいらねぇ」

「はい……あ、うん」

素直に言い直すのが可愛くて堪《たま》らない。

「名前を聞いても良いか？」

「……静《シズカ》。あなたのことは、なんて呼んだらいいですか？」

「リオって呼んでほしい」

「名前で呼んでもいいの？」

「こっちが望んでいるんだ、当たり前だろう？」

「そか。……りお」

「ん？」

「あの、ごめんなさい……呼んでみただけ」

「シズカが可愛すぎる」

本当に。ここが風呂で密着していることを理解しているのか。

「可愛いわけないじゃない。ぼくは、醜《みにく》い」

「どのあたりが醜《みにく》いと思うんだ？」

「全部。痩《や》せた身体も、ガサガサの皮膚も、汚いし醜《みにく》い」

「本当に、そう思ってるのか？」

「……え？」

「どうすることもできなかったんだろう？　痩《や》せているのはきちんと食べていないせいじゃないか？」

「……でも、生まれた時から、醜《みにく》い……」

「そう言われてた？　あの糞女《くそおんな》に」

「……なんで」

「いや、わかるだろう。言っておくが、あそこにいたのは揃《そろ》いも揃《そろ》ってあの女にお似合いの馬鹿ばかりだ」

そう言ってニヤリと笑うと、少しだけシズカの身体から力が抜ける。

「どうする？」

「？　何が？」

きょとんとした顔も可愛くて困る。

「復讐するか？　痛めつけるか？　ぶっ殺しとくか？」

ぶんぶんと勢い良く横に振られるシズカの首。

「じゃあ、シズカは何を望む？」

「……何も。何も望まないよ」

シズカが何も望まないのなら、俺もシズカの前では何もせずにいよう。

フツフツと湧く糞共《くそども》への怒りは、一旦忘れることにした。シズカが腕の中にいるのにあの女のことを考えるなど、時間が勿体《もったい》ない。

あぁ、時間が勿体《もったい》ないだなんて思ったのはいつぶりだろうか。逸《はや》る気持ちを抑えて、そっと細い首に口づける。逃げずにぴくりと小さく跳ねる身体が愛《いと》おしくて、桃色の頬にも唇を寄せた。

わざとリップ音を響かせて離れると、シズカは桃色から林檎《りんご》色に染まった頬に手を当てて、こちらを見詰める目を見開く。

「可愛い。……怒ったか？」

「僕、おとこだよ……」

「そんな知ってる。そんなの関係なく好きだ」

好きだ――初めて感じたこの感情を抑えるのは難しい。

ぷるぷると震えて下を向くのは照れているのか、それとも嫌がっている？

「シズカ、よく顔を見せて」

「……いや」

「なんで？」

「……醜《みにく》い」

「どんなシズカも好きだ」

うー、と顔を隠してしまうシズカの耳は苺色《いちごいろ》。

「ほっぺにちゅーは嫌？」

「ほっぺって……格好良いリオには、なんだか似合わないよ」

くすりと控えめに笑うシズカを胸に収めて天を仰《あお》ぐ。尊いとはこのことか。

今度は払《はら》い除《の》けられることなく、俺の腕にそっと手を添えるシズカに堪《たま》らなくなった。

「んっ……」

嫌がられないのを良いことに唇を掠《かす》めとるような口づけをする。驚いて唇を両手で隠すシズカが愛《いと》おしい。

「悪い。シズカが可愛くて、つい。止まれないわ。ごめんな?」

「あ……えぇ……あの……」

どもるのも可愛い。戸惑《とまど》っているのが可愛い。

「もう一回、しても良い?」

「えあ、そんな……僕なんかにするのは、勿体《もったい》ないです」

いやいや、そんなこと言われたら良いと言われたってことにして、しまくるけど。

「嫌なら言って?」

「……普通なら、初対面でこんなこと……嫌なはずなのに。……なんで?」

その理由に、俺はすでに気が付いているけど、俺たちエルフにしかわからないと思っていた。シズカも俺に何かを感じてくれているのだろうか。

「もう一回、しても良い?」

「……ん」


風呂から上がると、ふにゃりとシズカの身体から力が抜けた。……可愛い。その後パタリと気を失うように眠りにつく。

シズカは完全にキャパオーバーだろう。

魔法で彼の身体を乾かして、役得と思いながら着替えさせる。痩《や》せた身体に痣《あざ》や切り傷。まさかと思い、恐る恐る後肛も確認したが、使用の痕《あと》は見つけられずホッと息を吐いた。

心が、魂《たましい》が、シズカを求めている。

長寿の種族故《ゆえ》に数が少ない俺たちエルフは、死ぬまでに半身を探す。大体が同種であるので、里にいればすぐに見つかるのだが……俺には現れなかったのだ。

半身が異種族である可能性が高い場合は探し歩くものだが、俺は探そうともしなかった。元々、一人が好きなのもあるが、自分の命よりも必要な存在など信じられなかったのだ。

そんな俺を見かねて長老があれやこれやと言うものだから、この国の王が最近増えた魔獣たちの駆除を頼みに来た際に莫大な金と引き換えにここへ来た。……魔獣に対して駆除なんて軽々しく言えるのは俺たちエルフか魔族くらいのものだろうが。

半身を探すのが目的ではない。煩《わずら》わしさから逃れるためだ。

シズカが現れた今、その考えが百八十度変わった。心臓が痛いほどに脈打つ。

きっとシズカはこっちへ落ちる。それは半身だからだけではないだろう。

シズカが醜《みにく》い？　あんな綺麗な魂《たましい》の子が醜《みにく》いわけなんてない。醜《みにく》いのは俺の心だ。

少しシズカを知っただけでわかる、誰からも愛されていない。

そこへ愛を囁《ささや》けば誰だって絆《ほだ》される。だから、シズカは必ず落ちてくるだろう。

「あー、閉じ込めてぇ」

シズカには自然が似合うが、自ら外へ行くようには見えない。だがもしも、外へ、俺以外の奴へ関心が向いてしまったら……？　閉じ込めよう。俺以外見えない場所に、大切に大切に。

それがシズカにとって良くないというのは、まあ、わかる。だから早々にこちらへ落ちてほしい。

眠るシズカの隣へそっと横になり、その小さな身体を腕に抱く。閉じられた瞼《まぶた》にキスを一つ。

「おやすみ、可愛い半身」

僅《わず》かにシズカの口元が綻《ほころ》んだ気がした。


「おはよ」

「あ……おはようございます」

「よく眠れた？」

「はい、あ、えと、うん。眠れたよ？」

「敬語？」と目で訴えかけると、言葉に詰まりながらも返してくれる素直なシズカ。

「あの、夢見たの」

「どんな夢？」

抱き寄せて、そろりと背中に腕を回す。シズカは俺の胸あたりの服を両手で控えめにきゅっと握った。その手の上に頬を乗せる。

あー、本当に可愛い。この子は俺を試しているのか……？

「……あったかい夢」

寝ぼけているのか、シズカはぽわぽわと話した。

「きっと、ね？　あなたに抱き締めてもらっていたから」

やはり試しているのだろうか……

〇〇〇

「……っエルフさん！　最近見かけなかったけど、どうかしたのですか!?　もしかして……あの子のことで何か問題でも……？」

普段は避けている通路を選んだのが悪かった。

近頃、やっと俺に慣れてきて、「リオ」と可愛く名を呼んでくれるようになったのに浮かれ、ついシズカの喜ぶ顔が見たくて、行商人が来ているという通りにノコノコと来てしまったのだ。シズカへの贈り物を買えたのは良かったが――

舌打ちをなんとか堪《こら》えて、微笑《ほほえ》みだけを返す。

こいつ馬鹿なんか。勝手に話さないって契約までしたのを見てないのか。

チラリと奥に視線をやると、焦《あせ》った様子の馬鹿王子。だよなぁ。麗《うるわ》しのエルフ様なんかと話されたくないよなぁ。

会釈《えしゃく》してそのまますれ違おうとしたのにキュッと袖を引かれて、ぞわりと鳥肌が立つ。本気で燃やそうかと思った。

「エルフさん？　なんで行っちゃうんですか？」

うるうると長身の俺に上目遣い。糞女《くそおんな》が。後で浄化しよう。シズカを抱き締めたい。

「ロイド！　ロイドがあんな契約をしてしまったから、エルフさんが私と話せません！　可哀想です！」

「……エルフ様、話す許可を出します」

いや、いらねぇ。

ってか、たかだか王子が何、偉そうにしてんだか。お前の許可なんていらん。そして可哀想とはなんだ、話しかけられることのが可哀想だろうが……！　はぁ、面倒になるのはごめんだ。

「聖女様、こんにちは。私は急ぎますので、これで」

「え？　あの、一緒にお茶でもどうですか？　あの子のことでお話ししたいことがありますし」

シズカのことはこの糞女《くそおんな》よりも俺のほうが、可愛いところも謙虚なところも知っていると自負している。が、シズカがどんな扱いを受けていたかは気になる。

シズカはいくら俺がこいつを糞女《くそおんな》だと罵《ののし》ってもごめんねと微笑《ほほえ》むだけだから。シズカのそんな笑顔は見たくなくて、初日以外は糞女《くそおんな》の話をすることはなかった。

続いて第一王子からも嫌そうに誘われる。……こんなのが後継だとか、この国も終わったな。そう心の中で毒づきながらしずしずと二人の後を追った。

辿《たど》り着《つ》いたのは庭園の東屋《あずまや》。

「あの……えっと……麗《うるわ》しのエルフさんがとても可愛い方への贈り物を買っていたとの噂で持ちきりですが……」

「えぇ。確かに購入させていただきました」

何故《なぜ》かもじもじと指を絡める女が気持ち悪い。

行商人からラッピングはどうするかと問われた時に、とても大切で愛《いと》おしくて可愛らしい方への贈り物なのでそのように包んでほしいと伝えたのだが……人間は噂好きで困る。他人のことなど気にしなければ良いものを。

「……それで、えっと……その相手が……私じゃないかって皆から言われて……えへへ。照れますね？　でも、今までなんの噂もなかったエルフさんだから私しかいないって……ロイドたちもエルフさんと私の仲を疑うし……でも、これを機に仲良くしてくれたらなって」

「いえ、ご心配なく」

にっこりと笑顔を向ける。

「……え？」

「貴女への贈り物ではないですよ。だから心配しなくても大丈夫です」

「……え？」

「王子たちに変に誤解されてしまうのを心配してくださっているのですよね？　ありがとうございます。こちらのことはお気になさらず、貴女は王子方と心穏やかにお過ごしください。少しずつ、魔法も習得していると聞きました」

「え、あ、はい！　民のためにも頑張っています。聖女の証《あかし》である治癒魔法も沢山練習して使えるようになりました！」

「そうですか。それは素晴らしい」

治癒の練習方法って下級騎士で行うんだったか？　練習相手が沢山いて良かったな――陰で絶対

治すから腕を切れってこの馬鹿王子に命令されている奴、顔、死んでたけど。

「はい！　それで、エルフさんにも私の魔法をお見せしたくて」

「あぁ、それは申し訳ありません。今、急いでいるもので」

シズカの話と言いながら自分の話ばかり。茶も菓子も聖女も、甘ったるい匂いがキツくて吐きそうだ。音を立てず椅子を引き、立ち上がる。

「待ってください……！　私には、もちろんロイドたちも必要だけど、エルフさんの力も必要なんです……！　国民を守りたいのです」

しくしくと涙を流す糞女《くそおんな》の肩を抱き締め、焦《あせ》ったようにオロオロとする馬鹿王子。本当に、茶番は他でやってくれ。

「……それは、魔力を交換しろというお話ですか？」

「聖女の魔法を使う方法はご存知ですよね。恥ずかしいけど……私、エルフさんとなら良いです」

「マイカ……それは……！　私は他の二人のことも我慢しているんだ……！」

「でも、まだ聖女の力は足りません。私だって恥ずかしいけど……民のためならば、私の身体なんてどうだって良いのです！」

「……マイカ！」

あーあー、ぶち殺してぇ。糞女《くそおんな》が魔法を使うために三人と魔力の交換……まぁ、セックスして中出しするだけなんだが、それを楽しんでしているだけでは飽き足らず、専属医だとか貴族の金持ちだとかに魔力がどうたらこうたら言ってヤりまくっているのは知っている。この俺に糞女《くそおんな》の穴兄弟になれと？　ビッチが。そんでなんで王子は感動してんの？　本当に馬鹿。冠つけたただの馬鹿。

「……申し訳ありませんが、了承しかねます」

「ひどい！　エルフさんは民たちがどうなっても良いのですか？」

いや、俺の民じゃねーし。お前の民でもねーし。そもそも糞女《くそおんな》に勃起《ぼっき》しねぇ。

「これは誰も知らないエルフの特性なのですが……エルフは生涯一人としか交わらないのです」

嘘だけど。

「そんな……あ、でもエルフさんが私一人に決めるなら、私も……」

「そんな、マイカ！」

「申し訳ありません。もう、心に決めた半身がおりますので。その方と魔力の交換もしております。お力になれず心苦しいですが」

残念ながらまだ挿入はしていないが、絶対に挿入しなければならない決まりもない。キスや一緒にいるだけで魔力は交わる。この糞聖女《くそせいじょ》が淫乱《いんらん》なだけだ。

「それは誰ですか？　まさか……あの子ではないですよね？　あの子はただのおまけの召使いですよ!?」

「エルフは半身を囲い込み、情報を洩《も》らさないものです。なので、お答えできません」

嘘だけど。俺は里では、のびのびそこら辺で昼寝しているくらいだけど。

「……あの子は元気ですか？　普段は何をしていますか？」

「元気ですよ。しかし、あの子は何も言いませんが、聖女様もお可哀想に。召喚前はどのような暮らしを？　召使いだというあの子はガリガリで……充分な賃金の支払いや食事ができない状態だったのでは？　王子、聖女に無理をさせすぎず、睡眠や食事を充分にとらせてあげてくださいね」

「違います、失礼な！　あの子は、えっと、あ！　盗みや私への暴言が酷《ひど》くて……罰を受けているところだったのです！　だから、エルフさんに申し訳なくて……やっぱり私が面倒をみます！」

「マイカ、そんな無礼者の面倒など……！　すぐに打ち首にしよう」

その言葉に怒りを通り越して冷静になった自分がいる。

「王子、契約をお忘れで？」

微笑《ほほえ》みを消して、真顔で見詰めた。

「あ、いや、違う！　マイカ、もう行こう」

「でも、まだ……」

「行商の中には宝石を扱う者も多数いたぞ！　マイカは髪留めを欲しがっていなかったか？」

「うーん、宝石は興味ないけど、見てみたいです」

そそくさと席を立つ二人を見送る。興味ないと言いながら、あの女は明日にも馬鹿でかい宝石のついた髪飾りをつけているだろう。

長い袖の中で知らずに握り締めていた拳《こぶし》を開く。結局のところ二人についてきたのは自分だ。苛《いら》つくのはお門違い。だが、苛《いら》つく。かなり苛《いら》つく。

「シズカに癒《いや》してもらおう」

そうしよう。無駄に心配させたくないから、匂いと汚れを消してからシズカのもとへ転移した。

「――っリオ。お帰りなさい」

控えめに微笑《ほほえ》んで近づいてくるシズカが可愛くて、思わずむぎゅりと抱き締めた。ここまで素直に心を許してくれるまでに数週間はかかった。

「はぁー。まじ癒《いや》し……」

そのまま首筋に顔を埋めて、シズカの匂いを堪能《たんのう》する。はぁ、疲れた。

だが、背中に回るシズカの腕が全てを吹っ飛ばしてくれる。

「リオ疲れてる？　ちょっと遅かったから心配したよ」

「うざいのと気持ち悪いのがいて不快なだけ。……そんだけだけど、もっと撫《な》でてくれ」

そっと背中をひと撫《な》でして離れていくのが惜しくて、もっとと頼むと、可愛い笑い声が応える。

「ふふ。口悪いけど、かわい。よしよーし」

小さな掌《てのひら》が背中を往復し、背伸びをして頭を撫《な》でるその姿に、心臓が音を立てた。

「どう考えてもお前のが、ってかお前が世界一可愛い。いや、シズカ以外に可愛い奴はこの世に存在しない」

身体を起こしてシズカの小さな唇に、最近やっと慣れてきた口づけを落とす。

「……んんッ」

シズカが唇をぎゅっと閉じたので、ぺろりとそこをこじ開けるように舌でなぞった。

「んあっ」

歯列をなぞって、舌を絡めて。

最初は逃《に》げ惑《まど》っていた可愛い舌が、今では軽く押し返してくれるようになった。こちらから唾液を流し込むと、こくりと小さな音と共に唇をしっとりと濡らす。

「んん。あまい」

「あぁ。シズカも、甘い」

頬に添えた手で髪を撫《な》で付《つ》ける、チクリと僅《わず》かに痛みを感じて、手を強く握り込んだことを思い出した。シズカを汚さないように手を引く。思いの外《ほか》、爪が食い込んでいたのか、血が滲《にじ》んでいた。

「……リオ、怪我してるの？　痛い？」

シズカはおもむろに俺の手を握り、甲に口づける。ぽわりと優しく光るのは治癒魔法……？

「シズカ、その魔法どこで覚えた？　治癒されてる」

「魔法？　リオの傷が痛そうだったから、治りますようにってキスしたの。……ダメなことしちゃった？」

「いや、ありがとう。綺麗に塞《ふさ》がった」

掌《てのひら》を見せてやると、良かったぁと頬擦りされる。なんだ、この可愛い生き物。

「はぁ。可愛すぎて胸が痛い」

「何それ。リオ面白い」

本気なのだが、笑ってくれたから良しとしよう。それにしても、祈りだけとは。これは、早急に教えたい魔法がある。むしろ、それだけ覚えていれば良い。

「明日は魔法の練習な？」

「わぁ、楽しみ。ちゃんとできると良いな」

「手取り足取り教えるから安心しとけ」

本当に、手取り足取り腰取り教えたい。

『ムイムイッ、ムムムッ！』

その時、唐突に変な鳴き声が上がる。

「あー……忘れてた」

きょとりとした表情が可愛くて堪能《たんのう》したいが、せっかくのシズカへの贈り物だ。馬鹿でかい宝石も綺麗ではあったし、似合うだろうが、そんなもの、申し訳なそうに眉を下げられるだけ。それよりも、笑っていてほしい。

俺は異空間に手を入れて、小さな籠《かご》を取り出す。籠《かご》の持ち手には色とりどりのリボン。

『ムムー！』

一丁前に怒っているのか、それは俺に対してフンスと鼻息を荒くする。

「……動くもこもこ？」

『ムイッ』

「さっき行商が来ててな、珍しいやつ見つけたからシズカにどうかと思って」

そう言って籠《かご》を開けながら中の毛玉を出そうとしたのだが、それは思いの外《ほか》素早い動きで俺の腕をよじ登った。

シズカは思った通り、いや、思ったよりも心を弾ませているのが伝わってくる。うん、可愛い。

この毛玉にもシズカを見せてやると、俺の肩に蹴りを入れやがりながらそちらへぴょんと跳ねた。

「わ！　ふわふわあ。可愛い……！」

細腕ではあるがしっかりと毛玉を抱き留めて頬擦りする姿を、この瞳に焼き付ける。

「リオ、この子はだぁれ？」

「一応神聖な生き物ってなってるけど、ただエルフの里辺りに住んでるだけのメルロって動物。名前はまだないから、シズカがつけてほしい」

エルフの里と呼ばれるいくつもの連《つら》なる森には、人間は近づけない。森全体にエルフたちの結界があるため魔獣たちも入れないが、その周りにはいる。そこに、このメルロは棲《す》み家《か》を作るのだ。

元は野生だが、気に入った者にはとことん懐《なつ》く。何故《なぜ》、行商にいたのかはわからないものの、俺の手の匂いを嗅《か》いでいたのでシズカの香りに反応しているのではと思い、購入してしまったのだ。

「えぇっ、ぼく？　僕がお名前つけて良いの？」

「あぁ。そいつ、シズカに懐《なつ》きまくってる。シズカに名前をつけてほしそうだ」

俺には蹴りを入れるし、今も冷めた瞳を向けてくるけど。うざいが、シズカが嬉しそうだから俺も嬉しい。うざいけど。

「わ。責任重大。メルロさん、お名前考えるから少し待っててね？」

首元をこしょこしょとされて気持ち良さそうにしているメルロを覗き込むシズカ。前髪が長いから、その綺麗な瞳はよく見えない。嫌がるだろうとわかっているが、そろそろその前髪がなくても良いのではないかと思う。

後ろから回り込んで、空間からもう一つ、取り出す。これはラッピングも何もない髪留め。小さな石が一つついたシンプルなもので、シズカの髪の色。本気で嫌がったら俺のものだと言えば良い。

そっと額《ひたい》に手を入れて髪を横へ流すと、シズカは僅《わず》かに硬直する。両手でメルロを抱いているから、振り払えないのだろう。俺は素早くこめかみにピンで髪を留めて、後ろから抱き締めた。

「見えてないから。嫌なら良い。でも、シズカの視力とかが心配。俺がいない時だけでも良いから使ってみてほしい」

暫《しばら》く考え込んでいるようなシズカだったが、くるりと向きを変えて俺の胸に顔を埋めた。ふるふると揺れている。あぁ、可愛い。本当に愛《いと》おしい。ずっとこうしていてほしい。だが、顔もちゃんと見たい。

「シズカ、メルロがすげぇ蹴り入れてきて痛い」

途端にシズカがバッと後ろへ離れる。露《あらわ》になったその瞳は思った通り綺麗だ。

思わずと言ったように俯《うつむ》くシズカの腕を引いて、また抱き締めた。

「可愛い。ありがと」

「つ、かわいく、ない」

「可愛い」

「うう……」

「可愛い可愛い可愛い」

ひっくひっくと俺の腕の中で小さく泣き声を上げるシズカの頭を撫《な》でる。

「シズカ、あんまり顔を擦ると可愛い目が腫《は》れてしまうぞ？　風呂行こ？」

ガシガシと蹴り付けるメルロを構わず掴んで籠《かご》の中へ入れる。籠《かご》に布を被せると、途端に静かになった。メルロは暗くなるとすぐに寝てしまうのだ。

「風呂出たら、メルロの世話の仕方、教える。好物とか」

泣いたことが恥ずかしいのか、シズカは耳を苺色《いちごいろ》にさせてパタパタと必要なものを取りに行く。

「……可愛すぎてやべぇな」

タオルや着替えを持って戻ってくるシズカの額《ひたい》が露《あらわ》になっていて、俺は次は後ろ髪を束ねる髪紐を揃《そろ》いで作ろうと心に決めた。


「んん、リオ……だ、め」

「ん。ちゃんと洗おうな？」

どこを洗っても、可愛い反応をしてくれるから、ただの風呂なのにしつこく触れてしまう。不可抗力だ、仕方がない。

「シズカの肌は柔いなぁ。綺麗だなぁ」

「もう、自分で……洗う……！」

「無理無理無理無理。洗わせて？」

いつもは顔を見られたくないようなので同じ方向を見て洗って、後ろから抱いて湯船につかっていた。でも、もう顔を見せてくれるようになった……今日は念願の向かい合わせである。

赤面しているのも、濡れて張り付いた髪も、ぽつりと存在を主張する小さな胸の飾りも、全て、全てが官能的で……滾《たぎ》る。

「や、もお、りお……」

「無理。可愛すぎる」

泡だらけのシズカを膝の上に抱き上げて、跨《また》がらせて、噛みつくようなキスをした。

「んあっ、ふぁ、んん」

赤く色付く唇と胸の先。泡でぬるつくそこを優しく捏《こ》ねると、更に可愛い声を聞かせてくれる。

押し潰して硬くなったそこを堪能《たんのう》しているうちに、腹に何かが当たった。まぁ、何かと言っても正体はわかっている。

「あッ、見ちゃだめ、やあッ」

「はぁ。両手で隠すとか……はぁ」

裸で、泡だらけで、可愛がっていた乳首だけが赤く目立っていて、勃《た》ち上《あ》がった性器を両手で押さえ込むシズカ。

見られないように考えたんだろうが、思い切り逆効果だ。ふるふると震えるその姿に欲情しか湧かない。すげぇ可愛い。

「シズカ、俺のも一緒」

「……やぁ」

チラリとこちらを見て、シズカは元々赤い顔を更に赤面させてすぐに視線を逸《そ》らす。

「なぁ、一緒だぞ？　性的興奮を覚えるとこうなるのは、恥ずかしいことじゃない」

年頃だからな、やだと言ってもチラチラと俺の性器を見るシズカ。その姿に心臓が音を立てる。

「触って良い？」

「……や、だめ」

「ここの括《くび》れとか、裏スジのとことか、泡つけて俺のと一緒にぐちゅぐちゅって。だめ？」

「……やぁ」

「先っぽもぐりぐりってしたら気持ち良いぞ」

「……うぁ」

「シズカ、ちゅーは？　して良い？」

またちゅーは似合わないなんて言うと思ったが、向かい合っているシズカは俺の首に腕を回して引き寄せると、瞼《まぶた》をぎゅっと閉じて当てるように唇を合わせた。

「シズカからキスしてくれたの、嬉しい」

「……ん。したかったの。上手くできなかったけど……」

本当にこの子は……俺を悶《もだ》え死《じ》にさせたいのか。

「舌出して？」

素直に舌を差し出す姿に心配になる。今の状況をわかっているのか。

出された舌に自分のものを絡めると、飲み込めない唾液が下へ落ちた。唾液ではない透明なものが、ふるりと動くシズカの性器から溢《あふ》れている。

「勿体《もったい》ない」

思わずそう言葉にして人差し指で掬《すく》う。びくりとシズカの腰が動いた。

「ね、シズカのここ、くちゅくちゅして良い？」

聞きながら、指を性器の先に乗せてくるくると動かす。くちゅりと次から次へと滲《にじ》み出《で》てきた。

「ん。うん、し、て。……んやあッ、りお、りお」

「ん。大丈夫。出しちゃいな」

強い快感が怖いのか、名前を呼んでぎゅうと抱き付いてくるシズカを片手で落ちないように支えて、もう片方で俺のと纏《まと》めて擦り上げた。

最初に言った通りに、シズカのカリ首と裏スジを俺のでごりごりと当てる。それだけで充分に気持ち良いのに、更に快感を覚えて驚いた。

「シズカも触ってくれるのか？」

「……あッ、あんッ、うん……ぼくもぉ」

シズカのものとは比べ物にならないくらい張り出している性器の先に、しなやかで細い指が絡む。

「……ハア、可愛い」

「んんッ、ちゃんと、でき、てる？」

「あぁ。すごく気持ち良い。そのまま触ってて？」

ラストスパートとばかりに速く擦ると、シズカはすぐに射精した。

「悪い、もう少し付き合って」

「……え？　……やぁぁッ！」

絶頂した直後にまた。

結局、俺の一回目とシズカの三回目が同時で。

素早く洗い直して、湯船で冷えた身体を温めた。

「……ばか」

「ん？」

「……リオのばか」

「ふはっ」

ばかと言いながらも、くったりと寄りかかるシズカ。本当にもう。この子は可愛すぎるんだ。

「ばかばか」

「なんだろうなぁ、シズカからなら馬鹿って言われても嬉しいだけだな。可愛いし」

「うー、りおのばか」

「ははっ。可愛い」

「うぅ、キス、してくれる？」

「喜んで」

両手を頬に添えて、逃げられないようにしてから、深い口づけを落とす。

「んむぅッ、んあ、……りお」

「ん？」

「……ばかって言ってごめんね」

「ぶは！」

さっきまでの甘い雰囲気が噴き飛ぶほど笑う。子供みたいにシズカの頬に自分の頬をつけてぎゅーぎゅーと抱き締めた。

「シズカは汚い言葉っていうか、言っても可愛いもんだけど、馬鹿しか言わないな？」

「……馬鹿と、醜《みにく》いと、汚いくらいしか知らないかも。リオは綺麗だから……ばかとしか言えなかったの。でも、本当は思ってないよ……？」

「わかってる。いや、俺は馬鹿だな。最近、頭の中、お前のことしか考えてないから。シズカ馬鹿」

「ふふっ。何それ」

くすくすと笑うシズカがいれば何もいらない、シズカ馬鹿。

割と本気で言ったのだが、冗談に聞こえたのだろうか。

じゃれ合いながら身体を乾かして、寝間着を着て、本棚から一冊の本を抜き取った。

一緒にベッドへ入って枕を立てて寄りかかり、シズカを自分の足の間に収めて本を開く。

「ほら、ここ。メルロのこと、書いてあるだろ？」

「本当だ。ごはんは新鮮な葉や花って書いてある……」

「今日は購入した時に一緒に入れといたから、明日一緒に花でも摘みに行くか？」

数週間、シズカはこの部屋に籠《こも》っているから、良い気分転換になるだろう。

「お花……外……だよね？」

「そうだな。嫌か？」

「嫌じゃない……けど……今が穏やかで、その、幸せで。外に出たらそれが壊れちゃいそうで」

あの糞女《くそおんな》たちに会うことが怖いのか。それより、今が幸せだなんて。心が驚きと喜びで痛い。

「転移で誰もいない森にでも行くか。そこであいつの餌《えさ》になるものを探そう」

「良いの？」

「良いも何も……あの糞女《くそおんな》たちに会いたくねぇ。だから、一緒に来てくれるか？」

「……うん。リオ、ありがとう」

「いや、俺のほうこそ感謝してる。シズカが来てくれて嬉しくて、幸せだ」

そこから延々《えんえん》と飼育本を読《よ》み耽《ふけ》るシズカから本を取り、腕の中に愛《いと》おしい存在をすっぽりと収めて眠りについた。

第二章

「メルさん、お腹空《なかす》きましたか？」

『ムイッ』

「メルさん、リオが起きたらごはんにしましょうね？」

『ムイッ！』

「メルさん可愛いです」

『ムー』

「メルさん……かわい」

『ムムー』

目が覚めると腕の中が空虚で思わず飛び上がりそうになったが、聞こえてきた会話に口角が上がる。なんでこの子はメルロに敬語なんだ。

「メルさん、ちょっとリオのこと、見てきますね！」

『ムイムイッ』

きしりとベッドが小さく音を立てた。

こちらを覗き込むシズカの気配。

「……寝てる」

ほう、と息を吐くシズカを捕まえて毛布の中に引きずり込む。

「わぁ、リオ、起きてたの？　おはよう、んんッ」

「ん。おはよ」

触れるだけのキスをして、身体を起した。

「あのね、リオ。メルさんお腹空《なかす》いたみたい。あとね、メルさんとっても可愛い」

「ん。お前のほうが可愛い」

侍女は面倒でつけていないため、パッと自分で着替える。シズカは一足早く着替えてしまったようで、寝こけていたことを後悔した。

「そういえばメルロの名前、メルにしたのか？　メルロだから、メル？」

安直な名前もわかりやすくて良い。

「あのね、メルロさんって僕がいたところのハムスターとかモモンガって動物に顔が似ててね？ハムさんとかモモさんって呼んでみたけど無反応で……メルロさんとメルさんには反応してくれたから、メルさんにしたの。良いかな？」

安直だと考えていたのが伝わったのか、唇をきゅっと閉じて上目遣いをするシズカ。わかっている。シズカは狙ってやっていない。小さいから、俺がデカいから、必然的に上目遣いになるだけだ。

「かわい」

いつものようにむぎゅりと抱き締めると、背中に回る腕。

「ね？　メルさんて呼ぶと反応するの可愛いよね……！　リオ、メルさんにごはんあげないと」

『ムムー！』

いつの間にかシズカの肩に乗って真ん丸の瞳を細めてこちらを見ているメルロ。何かシズカへ向ける視線と違わないか？

「わ！　メルさん、肩に乗れるんですね。凄《すご》いです。可愛いっ」

可愛いのはシズカだし、引っ付いているメルロには苛《いら》つくところもあるが、これだけ笑顔を見せてくれるなら良いだろう。

俺がいない時に独《ひと》りにさせるよりは良い。

あまり外の世界へ行かれたくはないが、閉《と》じ籠《こも》るのも心配していた。俺がいる時くらいはのびのびとやりたいことをしてほしい。

メルロのためではあるが、外へ出ようと思ってくれたのは良かった。

「メルさん、美味《おい》しいお花あると良いですね？」

肩に乗っているメルロの頭をくりくりと撫《な》でながら話すシズカの頭を撫《な》で付《つ》け、俺はエルフの里に程近い森へ転移した。


「うわぁ……！」

『ムイムイッ』

降り立ったそこは、昨日こっそりと確認した通り、色とりどりの花が咲き誇っていた。

「ここは俺が所有している領地だから、誰もいない。大丈夫だ」

「うん。……すごく、綺麗」

「お前のほうが綺麗だ」

「もー、またそうやってふざけるんだから」

「ふざけてねぇ。本心。綺麗だし、今は真っ赤で可愛い。すごく可愛い」

毎日毎日シズカの可愛さが更新されていく。

あまり可愛いと言いすぎると照れて拗《す》ねてしまうだろうか。

「ほら、メルロの餌《えさ》だろ？」

「あ、メルさんごめんなさい。どのお花が好きですか？」

シズカはメルロを抱いて歩いて、『ムイッ』と鳴いたところで立ち止まり、地面に下ろしてメルロが選んだ花を摘む。

「ついでに俺らの朝食になりそうな果物でも採ってこよう」

それだけの提案にも瞳をこれでもかとキラキラさせて差し出した手を握り返してくれた。そんなシズカが愛《いと》おしい。

蔓《つる》でできた籠《かご》を持ちたいと腕にかけて、肩にはメルロ。神話にでも出てきそうだ。思わず昨日から剥《む》き出《だ》しの額《ひたい》に口づける。

そうして抱き上げて採らせた林檎《りんご》は、シズカが綺麗に剥《む》いてくれた。渡された林檎《りんご》が見たことのない形になっていることに、俺は首を傾《かし》げる。

「……ん？」

「あ、それ、うさぎです」

「動物？」

「耳が長くて、メルさんみたいにふわふわな小動物で、林檎《りんご》はこうするのが定番なの」

「へぇ。ここにも耳が長い動物はいるな」

ほぼ食用だけど。

次に火を起こして、パンとチーズを炙《あぶ》る。魔法で炎は出せるが、できることは自分たちでやりたい。

「こっちのうさぎさんも可愛い？」

「あー、狩って食うのが基本だけど……見たいか？」

「そっかあ。おにく……いつも食べてるお肉？」

「一昨日《おととい》のシチューの肉」

嫌がると予想はした。狩りなんて野蛮だと思われないか不安だったが、知っていてほしいことでもある。

「シチュー、美味《おい》しかった。できるかわからないけど、ちゃんと見て、ちゃんと食べたい」

「……あぁ。今度時間に余裕がある時に夜営でもして、ここに泊まって色々やるか」

「うん。ありがとう」

予想外の反応。こちらこそ、知ろうとしてくれるのが嬉しい。

聖女が来たからといって、魔獣に対して俺のやることがなくなるわけではない。

俺は俺で契約しているのだ。本来の契約通りにただ魔獣を処理するだけで良いってわけでもない。

いきなり魔獣を全滅でもさせたら何が起こるか、考えたくもなかった。

「はぁ……難儀だな」

「リオお疲れ？」

「いや、俺の任期が終わったら、こういうとこでゆったりシズカと暮らしたいと思って。むしろ今すぐそうしたい」

「……僕も連れてってくれるの？」

不安そうに揺れる瞳。そんなの、決まっている。

「当たり前だろう？」

シズカのいない世界なんて想像できない。

「……メルさんも？」

「……特別な」

嬉しい。そう呟《つぶや》くシズカの肩が震えていて、下を向いたのをメルロが覗き込んでいる。無粋《ぶすい》だとメルロを掴むと、奴は相変わらずゲシゲシと蹴りを入れてきた。

「シズカ、メルロの蹴りが痛い」

途端にぱっと上がったその顔は、涙で濡れている。

「俺の胸で泣けたら百点満点だぞ」

パタリと俺の胸に身体を預けるシズカ。

「はぁ。一千万点」

ふふっと小さくこぼれる声に安心して、俺はうさぎの林檎《りんご》を口に放った。


「――落ち着いたか？」

『ムイムイッ』

かぶせてくるメルロがうぜぇ。

「うん、落ち着いたよ。ありがとう」

メルさんもありがとうございます、とシズカはメルロの首を掻《か》く。

「俺も」

「ん？」

「俺も撫《な》でて、ちゅーして、抱き締めて」

「……りお」

「はは。顔真っ赤」

何をしたってシズカは可愛い。可愛いが……無理を言いすぎたか。

「んじゃ、そろそろ帰るか。花はここに入れとけば枯れないから」

籠《かご》に時間停止の魔法をかけて手を差し出す。そのままぐいと引き寄せられた。

「リオ、よしよし」

背伸びして、俺の頭を撫《な》でて。

「……ちょっとしゃがんで？　……んッ」

唇に押し付けるような不慣れなキスをして。

「……ぎゅ」

ぺたりと頬を俺の胸につけて抱き締めてくれる。

「……はぁ。一億点。むしろそれ以上」

あまり表情に出ないたちで良かった。きっとだらしなく崩れてしまうから。

シズカの可愛さはとどまるところを知らない。天井を突き抜けている。むしろ天井がない。

○○○

出かける準備をして、シズカを残して部屋を出る。

シズカは勝手に出ることはしないだろう。彼がいなくなることがあるとすれば、外からの接触だ。物理的な鍵をかけ、強力な結界も張る。

俺に課せられた仕事の一つに〝祈り〟というものがある。言葉通り、祈るのだ。神への感謝と信仰と引き換えに、豊穣《ほうじょう》や健康や魔除《まよ》けまで願う。神もいい加減うんざりだろう。

まぁ俺は基本、魔獣駆除メインだからサクッと祈ってパッと現地に赴《おもむ》いてガッと魔法をぶっ放して駆除。

神に祈り？　むしろシズカのほうが向いていそうだ。

シズカには魔法の才能がある。祈りというより願ったことがそのまま魔法となるのだろう。神への祈りだけで全てが解決できるのなら、そいつが神だ。

だから俺の祈りはパフォーマンス。何かをしたいなら、自分でやったほうが確実で早い。

この時間の神殿は俺だけのはずなのに。

エルフ大好きな神官たちがオロオロとしている。あの新しい神官長が聖女を入れてしまったのか。

「エルフさんっ、こんにちは！　この時間にお祈りなんて偶然ですね？」

偶然も何も、ここで治癒魔法を使いまくって善人アピールだろ。面倒くせぇ女。

やはりと言うかなんと言うか、髪にはでかいエメラルドがごろごろとついた髪飾り。

「あ、これですか？　綺麗だなって見てただけなのにロイドがプレゼントしてくれて……分不相応だからって言ったんですけど……」

ふわりと微笑《ほほえ》んだ俺は、女を気にせずに膝をついて祈る。

あぁ、神様。人の国の神には今まで何もしてこなかったが、これからは真面目に祈ろう。だから……こいつらうぜぇ。消してくれ。

雑音はどうでも良い。さて、そろそろ行くかと立ち上がると、魔法を見ろと言ってくる糞女《くそおんな》。後ろの王子にもいい加減飽きてきた。本当に使えない。

だが、横を通り抜けようとした時にかかった声に思わず足を止める。

「エルフ様、こんにちは。ご機嫌いかがでしょうか。聖女様、私も拝見してもよろしいですか？」

それに嬉しそうに頷《うなず》く聖女。第一王子は嫌な顔。更にロイド王子のライバルが増えんのか？

声の主は第二王子だ。彼はマシだったはずだが。

「エルフ様、一緒に魔法を見せていただきましょう？」

周りの視線に彼が一度頷《うなず》くと、すぐに数人の怪我人が運び込まれる。

聖女は一瞬ではないにしろ、訓練でついたという下級騎士の腕の切り傷と頬の火傷《やけど》を治した。

汗ばみ、呼吸を乱す女へ早く魔力の供給をしなくては、と第一王子が女を抱き上げて運ぶ。「エルフさんっ、どうでしたか？」との声は、聞こえないフリをした。

バタバタと祈りの間から煩《うるさ》いのが消える。神に感謝しつつ、何か俺に会いに来た理由があるだろう第二王子と場所を移して、そこに防音を施《ほどこ》した。

「エルフ様、どう思われますか？」

「どうって、何がです？」

「聖女の魔法です」

「そうですね……まだ治癒魔法を覚えたばかりでしょうし、見た感じ外傷を治せるのがやっとでしょう。これから、できることが増えていくのではないですか？」

考え込む、マトモだと言われている第二王子。あんなのが兄で可哀想だな。

「あれだけ魔力の供給を受けて、あれだけ騎士たちを傷つけて、治せるのは外傷だけ。それも痕《あと》が残る者もいます。犯罪者を使った魔法の練習後は兄上たちと部屋に籠《こも》って出てこない。……エルフ様……それに……」

なるほど。上手くなったら騎士に施《ほどこ》すけど、そこまでは犯罪者で練習しまくってんのか。それでアレとかないな。

「私は幼い頃から聖女や女神の伝説や文献が好きでした。そんな私が読んだものには、聖女の祈りの魔法は淡く光って幻想的だとあります。あの聖女――マイカさんの魔法は……至って普通の魔法に見えます。治癒魔法自体が珍しいので、なんとも言えませんが……エルフ様、一緒に召喚された彼は、魔法が使えますか？」

「あの子はかなり戸惑《とまど》っていて、やっと食事や睡眠をきちんととれるようになったばかりで。魔法を教えられる状況にありませんね……」

馬鹿は嫌いだが、下手に頭のキレる奴も好きじゃない。

空気が変わったのに気付いたのか第二王子が窺《うかが》うようにこちらを見るが、俺には関係なかった。

「……最後に一つだけ、良いですか？」

「なんでしょう？」

「もし、私が王位を継いだら……エルフ様は彼と一緒にこの国に残っていただけますか？」

この王子には、もう微笑《ほほえ》みはいらないだろう。

「私は任期が終了次第、この国を出るでしょう。ですので、任期中に貴方が王になれば期間内はここにいます。……申し訳ありませんが、御家騒動はご勝手になさってくだされればよろしいかと」

「……そうですか」

「こちらからも最後に一つだけよろしいですか？」

不安げにこちらを見詰めるその瞳には、まだ幼さが残っている。

「私とあの子、どちらか一人だけをここに残せるとしたらどちらを残しますか？」

聡明な彼はきっと気付いているのだろう。

「……そんなの、そんなの貴方に決まっているじゃないですか。王族として、エルフ様と何もできないただの人間では考えるまでもありません」

「そうですか。良い答えですね？」

空気を読める者は好ましい。

○　○　○

「メルさん、白い花びらと赤い花びらはどっちが美味《おい》しいですか？」

『ムイッ』

「わ、黄色ですか……！　覚えておきますね？」

『ムイッ！』

「本には葉っぱも書いてあったので、この緑の葉っぱも食べてみてくださいね」

『ムムー』

「ふふ。好き嫌いですか？　メルさん可愛いです」

「――ハイハイ、お前が可愛い」

ショリショリとシズカの手の上の花弁を食《は》んではチラリとシズカを見詰め、また小さな葉も齧《かじ》るメルロ。それを「凄《すご》いですメルさん！」とべた褒めするシズカが可愛い。

「リオ！　お帰りなさい。今日は早かったね？」

俺はシズカをハグしてキスして、抱き上げる。

「昼、食った？」

シズカがいつでも食事をとれるように、時間停止された食事は手つかずのままだ。

「あのね、朝食美味《おい》しくて、食べすぎちゃったみたいで……」

焚き火でパンやチーズを炙《あぶ》っただけの朝食。シズカの剥《む》いてくれた林檎《りんご》がデザート。

「普段の倍は食べてたもんなぁ」

「……美味《おい》しかったの」

ぷくりと僅《わず》かに頬を膨《ふく》らませるのは無意識か。可愛すぎるな。

「シズカは今朝みたいなのが好き？」

「……うん。いつも頂《いただ》いてるのもすっごく美味《おい》しいけど……僕には少し重いみたい。ごめんなさい」

可哀想なくらい細っこくて、それをシズカ本人も気にしているので、カロリー多めを用意していたのだが、運動もしていないし、それもそうだな。

「いや、気が付かなくて悪かった。謝らないでくれ、これから沢山色んなことを話して好きなものとかを知っていきたい。……んじゃ、ちょっと軽めに作るか」

「あの！　それなんだけど……」

「ん？」

何か意見を言おうとしてモジモジとするシズカに悶《もだ》える。あの糞女《くそおんな》とやっていることは一緒なのに、ここまで違うとは。

「あの、僕ね、自分で簡単なものならお料理できるから……、作りたい」

「シズカが？　自分で？」

「駄目じゃなければだけど……」

「俺のも？」

「え？　いつもの食事のほうが美味《おい》しいと思うから……リオはそっちのほうが良いんじゃないかなぁ」

「俺のも？」

「う、リオが嫌じゃなければ」

嫌なわけあるものか。しかし、キッチンをこの部屋に作るか、どうしたものか。

そろそろ部屋の外へ出るのも良いかもしれない。鍵はあったほうがシズカも安心できるだろうとつけているだけだし、結界はあるし、屋敷内は自由に動き回ってほしい。

「厨房、行ってみるか？」

「ん。行ってみたい。ここはお屋敷？　だよね……人、沢山いる……？」

「いや、俺は大抵のことは一人でやれるし、ばーさんが一人いるだけ。んで、じーさんもいる。主に屋敷のこと担当」

「ご挨拶《あいさつ》、させてほしい」

「ん。行くか」

『ムイッ！』

ぷるぷると震えながらも、一歩前にシズカが進めたことが誇らしかった。


パタパタと動き回るこの家唯一のメイド。

「あらあらまぁまぁ、可愛らしい子だこと。ステラリオ様、どこから連れてきたんですか」

「神殿」

「あらぁ。神殿……！　またお昼寝なさってたの？」

「ん。シズカ、このばーさんが唯一のメイドな？　ばーさんの夫がここにいるじーさん。一応家令だけど、なんでもやってくれてる」

「シズカです。ずっとお世話になっていたのに、ご挨拶《あいさつ》もできなくて……すみません。この肩にいる子はメルロのメルさんです」

ばーさんは「いいのよ、いいのよ」と緊張でぶっ倒れそうなシズカを撫《な》で回《まわ》す。

「こいつら、妖精族だから、俺よりずっと年上。本当のじーさんばーさん。妖精族のくせして、何故《なぜ》か夫婦揃《そろ》って俺に仕えてくれてる。小さい頃から知ってるんで、俺の本性知ってる数少ない人たちでもある」

じーさんも手を伸ばして、シズカの頭を撫《な》でてるし。気難しさはどこに置いてきた。

「そうよう。じーさんばーさんでも良いし、メイドさんでも良いし、名前のマリアとニコラスで呼んでくれても良いわぁ。畏《かしこ》まるのは苦手で……シズカちゃん、許してちょうだいね？」

「はい……ありがとうございます。シズカちゃん、おじいちゃん、おばあちゃんと呼んでも良いですか？　僕にも優しくて明るいおばあちゃんがいて……マリアさん見ていたら思い出しちゃって……」

「あらあらっ、シズカちゃん、泣かないで？　大丈夫よ？　皆いるからね？」

涙をエプロンで拭《ぬぐ》われている姿に胸が抉《えぐ》られる思いだ。それでも、シズカにも優しくしてくれる親族がいたことに心底ホッとした自分もいる。

「シズカは祖母と暮らしてたのか？」

「あ……ううん。ここに来る一年前くらいに亡くなってるんだけど、でも、それまでは本当に可愛がってくれてて」

「そうか。ほら、俺の腕の中で泣けたら百点満点」

そう言うと、すぐに飛び込んでくる素直なシズカ。

「……ぎゅ」

「鼻血出そ」

クスクスと笑うマリアの声を聞きながら、俺は天を仰《あお》いだ。

マリアに厨房の説明をシズカへしてもらっている間に、ニコラスと話を詰める。

「……とまあ、こんな感じでめんどくせぇから、この屋敷全体を森に転移させて、ここには幻惑であたかも家があるようにしたい。感覚は繋いで、転移部屋でも作って、何かの時はしれっとここから出られるように。できるか？」

そのうち確実に糞女《くそおんな》の突撃訪問を受けるような気がする。あいつの視線は不快でねちっこくてぞわりとする。気持ちわりぃ。

「お前さんが屋敷を転移させて、幻惑出して、感覚繋いでくれたら、転移後の結界やらは私がやろう」

「ほぼ俺じゃねーか」

「幼い頃から魔力制御に苦しい思いをしていたのだから、思い切り解放できるじゃないか」

にやりと笑ったニコラスが、転移部屋は知り合いのドワーフに頼むから金を出せと告げる。

「……良かったな」

「あ？」

「半身に出逢えて」

「じーさんばーさんのおかげ」

「素直だと気持ちわりぃ」

俺の口の悪さはじーさんゆずりだと確信した。

シズカがマリアからコンロなどの使い方を教わって作ったのはパンケーキとサラダ。俺用にローストチキン。あの二人にも同じものを渡して、俺たちは部屋へ戻る。

「うまい」

「……良かった！」

素朴とも言えるシンプルで優しい味。

ただ……

「シズカの少なすぎないか？」

明らかに量が少ない。

「これでも、多めだよ？　朝も沢山食べちゃったし」

「少しずつ食べる量と運動量を増やしていこうな？　折れそうで怖い」

折れるわけないじゃない、と朗《ほが》らかに笑うシズカだが、全然笑えない。

「お昼に用意してくれてたのは夕食に頂《いただ》くね」

「ん。一緒に食お」

俺の答えにふんわり笑顔。近頃は本当に、穏やかな顔をするようになった。

初日の緊張と絶望で強張《こわば》った表情はもう一生見たくない。いつも笑っていてほしい。泣くのは嬉しい時と、ベッドの中だけで良い。

ほんと啼《な》く時、可愛いんだよな。いつも可愛いけど。

「リオ、考え事？」

「ん？　いや、我ながらおっさんみたいなこと考えて笑えてきただけ」

「思い出し笑い？　思い出し笑いする人はえっちなんだよ」

くふふと両手を口に当てて悪戯《いたずら》っ子《こ》のような表情のシズカ。この表情は初めてだな。……滾《たぎ》る。

「えっちってなんだ？」

「えぇ？　えー」

「なんのこと？　シズカ教えて？」

思わず顔がにやけてしまう。

「あっ、リオ、わかってて聞いてるでしょう……！　もー、んぐっ」

拗《す》ねたような口調になったシズカの口に、俺はカットした肉を放り込んだ。んぐんぐと小さな口で咀嚼《そしゃく》して呑み込んだシズカが、「もぉー」と眉を下げる。

「ちゃんと肉も食おうな？」

「ん。ありがとう」

無理やり口に入れられたのにお礼を言ってしまうあたりが心配なのだが……

それはメルロも一緒だったようで、テーブルの上の小皿に盛り付けられた黄色多めの花弁をショリショリしながら、シズカの腕をテシッと叩いた。

食事を作ってくれたのだから、と洗い物をしようと流しに立つ俺を、シズカが慌てて追いかけてきた。

「座ってて良い。二人分なんてすぐだ」

「だめだよっ、僕の仕事だから……！」

「……仕事じゃないだろう？　食事を作ってくれたのは仕事だから？　義務的な気持ちだったか？　何を思って料理した？」

義務だなんて思っていないのは、もちろんわかっている。

「……ううん。リオに美味《おい》しいって。おじいちゃんおばあちゃんにも美味《おい》しいって思ってもらえたらいいなって思いながら作ったよ」

「そうだろう？　俺もうまい食事を作ってくれたシズカに感謝の意を込めて皿洗いしてる」

「……うん」

「仕事じゃない。ここでは自由にして良い」

「……うん」

一緒にいてくれるだけで良い。

「暇なら洗ってる間、後ろからぎゅってしてて」

「……ぎゅ」

「素直さが可愛すぎて皿割りそう」

「……代わりに洗おうか？」

急いで皿洗って手も洗って、濡れた掌《てのひら》で悪いと思いながら振り向いてその身体を掻《か》き抱《いだ》いた。

「んんッ、あッ」

いきなりキスされ舌まで捩《ね》じ込《こ》まれて驚いたのか、俺の服の裾を摘まむシズカの手を取り、首に回させる。

シズカは甘い。どこもかしこも甘いのだ。

歯列を舐《な》めて、舌を搦《から》め捕《と》ってしゃぶる。

「やあ、はぁ、りお、急にどうしたの？」

「悪い。可愛かったのと、ちゅーしたかったのと、可愛かったのと、魔力譲渡したかったから」

ちゅ、ちゅ、ちゅ、と顔や耳を啄《ついば》んでいると、こてりとシズカから力が抜けた。

「やりすぎた？　悪い」

「ばかばか。りおのばか」

睨《にら》み付《つ》けている〝つもり〟なのだろう。うるうるな瞳と上気した頬。はぁ、可愛いでしかないな。

ふと、そこに感じる違和感に気が付いて、悪い笑みが浮かぶ。

「やぁぁッ、だめ」

「んー？　駄目？　何が？　硬いの当たってるけど」

「さわっちゃ、だめぇ」

「いや触るだろう」

服の上からでもピンと勃《た》っているのがわかる。俺の片手に簡単に収まるサイズだけれど、しっかりと主張していた。

「んー、触ってっ、て言ってるけど？」

下着の中へ手を差し入れると、そこはもうしっとりと濡れている。

「わあッ」

ソファーまで少しの距離だったが、俺はシズカを抱き上げて移動し、そっと下ろした。

「ちょっと、全身舐《な》めさせて？」

「……りおのばか。へんたい！」

「ははっ。言うようになったなぁ……でもシズカ、男は皆、変態だ」

真っ赤な顔してパクパクと声にならない言葉を発しながらも、顔を近づけると瞼《まぶた》を閉じて口づけを待つ可愛い可愛いこの子は、俺の半身。

唇は外さず、口づけに夢中にさせながらシャツをはだけさせる。二つの美味《おい》しそうな実を、ぷくりと赤く色付けたのは俺だ。

「いただきます」

「いやぁぁッ」

ジュッと音が鳴るくらい強めに吸い付く。がしがしと甘噛みしながら、擦ってやろうとそこへ手を伸ばし——

「びっしゃびしゃ……さっきので、イッたの？」

「うぅ、りおの、りおのばか」

「悪い、可愛い」

「ぼく、からだ、へん」

「変じゃない。大丈夫だよ」

ポンポンと頭を撫《な》でて、べそを掻《か》くシズカを落ち着かせた。

今日はここらでやめとくか。可哀想だし。

「ぼく、ジュッて吸われて、痛いのに、気持ち良くて……気持ち良くて、こわ、い。まだおちんちん、硬いの……出したのになんで……こわい」

さめざめ泣くシズカに欲情を止められる奴がいるのか。いるわけがない。

「シズカ、悪い」

そっとシズカの手を取り、服の上から自分の性器を触らせる。

「……っ、大きい……」

「お前といるとこうなんの。好きだから、触りたいし、触られたら出したくなるし、怖くない」

「……いっしょ？」

「そう、一緒」

乳首でイクなんてエロイ身体はシズカだからだろうけど。

「ちょっと、全身舐《な》めさせて？」

「……へんたいぃ」

午後は魔法の練習をする予定であったが変更することにした。とりあえず先に、こっちだ。

あぁ。シズカは甘ぃ。

「……りお」

イキすぎて腹がぴくぴくと痙攣《けいれん》しているシズカ。やりすぎた、自覚は……ある。

「ん、水飲めるか？」

変態と可愛く罵《ののし》りながらも、どこもかしこも敏感で肌に触れる度にびくりと身体を跳ねさせて喘《あえ》いでいたシズカも悪い。俺が全面的に悪いけど、シズカも少しだけ悪い。

ぴったりと閉じた後ろを解《ほぐ》す。

初めてはどうしても辛《つら》いだろうから、ゆっくりと時間をかけて解《ほぐ》していくしかないな。

俺は自分の性器を見詰める。

もう少し小さくても、いや、細くても良かったかもしれない。そうしたらシズカに入れるまでの時間が短くなったのに。そんな馬鹿みたいなことまで考えてしまう。

くたりとしているシズカを支えて口移しで水を飲ませる。

「ん、んぅッ」

はぁ、可愛い。

まだ羞恥心《しゅうちしん》が強いのか裸体を隠すように横向きに丸まるその姿は、後ろから見れば無防備で、解《ほぐ》すのに使った香油が腿《もも》まで垂れて誘っている。

「シズカ、ちょっと待ってて」

とりあえずシーツをかけてその場を離れようとすると、待ったがかかった。

「りお？　どこかいっちゃうの？」

「行かないけど、抜いてくる。シズカの濡れた身体、見るだけで勃《た》つ」

これを見て平常心でいられたら、男じゃねぇ。本人は眠そうに微睡《まどろ》んでいるのがまた可愛い。

「やあ」

「少しだけ待ってな？　終わったらいっしょに風呂入ろ」

「やぁ、置いていかないで……」

「置いてくわけねぇだろ？」

はぁ、可愛すぎて心臓、止まりそう。

眠りとの狭間《はざま》で幼くなっているのか、普段は聞き分けが良いのに。

伸ばされた腕を取ってシーツごと抱き締める。

「シズカ、ちょっとだけ。たぶん、すぐだから」

流石《さすが》に目の前で擦るのは憚《はばか》られる。

「おいてっちゃ、いや」

「置いてくわけがない」

少しでもシズカが不安になるならやめよう。シズカの可愛さには誰も勝てない。

俺が応えると、驚くほどきつく抱き付いてきた。

いつもシズカは口ではぎゅ、と言うけれど、手はほぼ添えるだけだ。そんなシズカが放すまいと俺の背に腕を回してぎゅうぎゅう締め付ける。

それが嬉しすぎて、俺はその頬に吸い付いた。

引っ付いていると自然に気付く、そこの膨《ふく》らみ。シズカも例外ではなく、俺のそこをとろりとした顔で擦る。

「こらこらこら」

「だめ？」

「駄目なわけがない」

この小悪魔め。これは、意識がハッキリとしたら羞恥《しゅうち》で落ち込むかもなぁ。やめといたほうがいい。だが、こんな小悪魔なシズカを前にして引き下がれない。

ふふっと笑うシズカは、シーツごと倒れ込んで、あろうことか俺の腰に掴まり——

スヤスヤと寝息を立てるシズカに本気で天を仰《あお》いだ。

「小悪魔め……次は覚えてろよ？」

長い前髪を手櫛《てぐし》で梳《す》いて、頬を指で突《つつ》く。

浄化の魔法で綺麗にしてから目に毒なシズカの裸体にもう一度シーツを巻き直し、大切に抱き締めて一緒に眠ることにした。眠れるかはわからねぇけど。

〇〇〇

「——はよ。夜だけど」

パチリとその目を開いてこちらを凝視するシズカ。次の瞬間、スッと視線を外して、僅《わず》かに下がってシーツへ潜《もぐ》り、また戻ってこちらを窺《うかが》い見《み》る。自分が裸なことにも気が付いたのか、ぽぽぽっと音がしそうなほど赤面した。

「あぁ、可愛い」

その額《ひたい》に口づけをして、俺は彼の身体を引き上げる。

「おはよう、ございます……」

「ふは！　なんで敬語？」

「リオ怒ってない……？」

「あんなんで怒らない。ってか、俺が怒られるべき。がっつきすぎた俺が全面的に悪い」

……シズカが可愛いってのにも責任はあるけど。

「寝ちゃってごめんね？」

「ちゅーしてぎゅーしてくれたら許す」

「……ぎゅ。……ちゅうは、して？」

「鼻血出そ」

昼過ぎから触れ合って、今は夜。微妙な時間になってしまった。

綺麗にはなっているが、気持ち的に風呂へ入る。もちろん今度は性的には触らずに。

夕食は時間停止をかけていたものを一緒に摘まんだ。昼寝をしたシズカは、眠くないからと肩にいるメルロを時折撫《な》でながらこの国の歴史書を読む。

あの聖女は積極的に文字の勉強をしていると噂されていたが……シズカは初日から文字が読めた。今は昼間に書き取りも練習しているそうで、真面目で良い子すぎる態度に見ていて心配になる。

読書が終わったのか、シズカは日課になったメルロについて書いてある本を手に取った。

メルロについては解明されていないことも多くファンタジー仕様ではあるが、シズカはメルロを知ろうと必死なのだ。

「メルさん、メルさんはこの月見草《つきみそう》を食べると知恵が上がるって書いてあります……」

『ムイッ』

「やっぱりもうかなり頭良さそうだし、沢山食べたんですか？」

『ムムイッ』

「美味《おい》しいんですか？　月見草……この本には月明かりを溜めて光る、別名夜光草《やこうそう》って書いてありますけど……」

夜光草――緑っぽく光る雑草か。

「眠くないなら見に行くか？」

「え？」

「夜のピクニック、行かねぇ？」

「わぁ……リオは眠れた？　眠くない？」

行きたそうなのに気遣うあたりが素直に凄《すご》いと感じる。そもそもそんなに寝なくても問題はない種族だが、寝ずに寝顔を眺めていたと伝えたら、また変態呼ばわりされるだろうか。

「ん。大丈夫。夜食に何か作って行くか」

「わぁ。夜のピクニックなんて初めて。温かい飲み物も淹《い》れるね？　……メルさん、夜光草、あると良いですね？」

『ムイムイッ！』

とりあえず厨房に行き、夜は屋敷の外の別邸に帰るマリアとニコラスを見送る。

「あらあらお夜食？　私も一緒に作ろうかしらぁ。孫とお料理が夢だったのよお。子供すらいないけど。シズカちゃん、何作るの？」

「えと、んーと……考え中で……」

『ムイイ』

マリアはシズカに話しかけながら、階段下に飾ってある花瓶から花弁を取ってメルロへ与えた。その手際の良さに脱帽する。

「そうなの？　じゃあ、おばあちゃんも一緒に考えちゃおうかしら！」

「いやいい。早く帰れ」

「まぁ、ステラリオ様ったら、やきもちかしら？」

「俺がいる時は俺がシズカを構いたいから、俺がいない時の昼とかにシズカに構ってやって。シズカが自分から下りてきた時、限定。そんで今日は早く帰れ」

「あの！　明日のお昼、一緒に……」

「っ、お誘いありがとうシズカちゃん！　一緒に作りましょう……！」

途中で不安になったのか語尾がどんどん小さくなる誘いに、マリアが食い気味な返答をする。シズカは嬉しそうにコクコクと首を縦に振った。

「シズカ、首取れる。んじゃマリアとついでにニコラス、また明日なー」

ぐいと軽く押すと、クスクスと笑いながら大判なスカーフを被るマリアと頷《うなず》くだけのニコラス。

「それじゃあ、おやすみなさい！」

扉が閉まった直後、辺りが急にシンと静まり返った。

「んじゃ、作るか」

「うん。明日、おばあちゃんとのお料理も、嬉しい。……夜食、夜食って夕食の後の食事だよね？」

「寝るのが遅い時に食べる軽い食事って感じ？　食ったことない？」

「ん」

まぁ、この細さじゃないか。

「一緒に作ろ。具沢山のトマトスープとかどうだ？」

「……凄《すご》い！」

「あ、マシュマロも焚き火で炙《あぶ》って食お」

「マシュマロ焼くの？」

「たぶんシズカは好きだと思う」

楽しみ、と呟《つぶや》くシズカが野菜の下処理をしている間に、俺は籠《かご》に菓子や飲み物、敷物を詰める。

なんでも魔法で出せるのに。そのまま転移させたって良いのに。敢《あ》えての籠《かご》に詰めるのは、そちらのほうがシズカが喜ぶと思ったから。いつも籠《かご》を持ちたがるし。持っている姿は可愛いし。

出来上がったスープも魔道具である保温ポットに入れ、俺は重い籠《かご》を抱えて森へ転移した。


「――うわぁ」

「綺麗だな」

月明かりに照らされた色とりどりの花々。

何もないところに簡易テントを一緒に張って、荷物を中へしまい、一応結界を張ってから夜光草を探す。

「メルさん食いしん坊さんですね。可愛いです」

両手に花を持ってわっしゃわっしゃ食べているメルロのどこが可愛いのか。シズカが両手に肉持って食べているのなら可愛いが……メルロは目の前の無限の花に野生の顔に戻っているぞ。

「メルさんメルさん。月見草、探しませんか？　光る草？　お花？　見たいです」

『ムイッ！』

そう声をかけられた毛玉はタスタスと花畑を駆けて立ち止まり、近づいてきたシズカに登った後で、また花畑を駆けた。

時折俺の足を踏むのも忘れない。こいつ絶対オスだな。

逃げてしまうのでは、とシズカは暫《しばら》く不安そうにメルロを見詰めていたが、それに気付いたメルロはシズカの肩にマメに戻るようになる。確かにこいつの知能は高いのだろう。

花畑を抜けて木々ばかりの獣道へ入ると、メルロはシズカの肩に陣取り、ムイムイ言って道案内。

「もしかして、シズカはメルロの言葉がわかるのか？」

真面目な声でそう聞くと、「ふは！」とシズカは噴き出した。

「そんなわけないよ。もう、リオったら、おかしっ、ふふっ」

「結構、真剣に聞いたんだが。歩くのに迷いがねぇ」

「えぇ、そうかなぁ……言葉はわからないけど、なんとなくこっちって言われてる気がする？　というか、足が動くというか……」

うーん……と悩みつつ歩くシズカ。

夜光草は聖なる植物だったか？　これは聖女の土産にしないと。……嫌だな。聖なる植物が反応しないのに焦《あせ》る糞共《くそども》の顔はもの凄《すご》く見たいが、関わりを持つと面倒だ。シズカと二人で楽しもう。

『ムイムイムイッ！』

「わ！　メルさん大興奮……」

シズカの肩から飛び下りたメルロが走るそこは、開けた草原。

草と白い花が沢山。月明かりで白が浮かび上がって、とても……

「綺麗……」

「だな。光ってないけど」

緑色に光ってはいない。ただ、とても綺麗だ。

「ふふ。メルさん沢山食べてる。かわい」

頬を膨《ふく》らませてモグモグとしている姿は、確かに。それを見て微笑《ほほえ》んでいるシズカの百分の一くらいは可愛いだろう。……少なくとも聖女よりは可愛い。

「メルさんがおうちで食べられるように、この月見草摘みますね？　お花も草も両方食べられて良いですね？」

そう言って、シズカがぷつりと月見草の茎を折る。途端にそれがぽわりと緑色に光った。

「わ！　りお！　光った……綺麗……」

「花の光に照らされたシズカが綺麗」

「……リオ」

呆れたようなシズカの声に苦笑いを返す。

正直、光る花とかどうでも良い。まぁ、綺麗だとは思うが、メルロの好物でしかないし。

「もー、もっとびっくりすると思ったのに」

「シズカは可愛いのに夜光草の光で神秘的に綺麗で、すごく驚いた」

「もぅ、そうじゃなくて……ね、リオも摘んでみて？」

そう言われて足元の夜光草を摘む。シズカほどじゃないにしてもほのかに光る。

「わぁ。綺麗なリオが更に綺麗」

そう言われて流し目でふわりと微笑《ほほえ》むと、シズカが赤面した。

この見た目で損をすることはあっても得することなどあまりなかった。面倒くさい奴らに付《つ》き纏《まと》われる原因でしかなかったのだ。

それでも、シズカが綺麗だと言ってくれるなら、持てるものの隅々《すみずみ》まで利用する。

持て余していた膨大な魔力はシズカと出逢ってからのためのものだったんだと改めて理解した。

「シズカ、これ、根を掘って持ち帰って育ててみないか？　増えたらメルロも喜ぶ」

「本当？　やってみたい」

「メルロに知能がついたら毎度毎度、俺に蹴りを入れるなって教え込んで」

「え、メルさん、そんなに何回もリオのこと蹴ってるの？　メッだよ？」

『ムーイー』

メルロはてしてしとシズカの頭に自分の頭を擦り付けて機嫌をとっているが、シズカの〝メッ〟に心を撃ち抜かれた俺はどうしたらいい。

「シズカ……ちょっと俺のこともメッてしてみて」

「………りおのへんたい。……メッだよ？」


パチパチと焚き火が音を立てる。

俺は敷物の上で胡座《あぐら》をかいて、その上に恥ずかしがるシズカを乗せた。その腹に腕を回して幸せを噛み締める。先を削った枝にマシュマロをつけて焚き火で炙《あぶ》り、シズカに見せるのも忘れない。

最初からやりたいだろうから、嫌々だけど膝から下ろして、枝とマシュマロを渡した。

その瞳はキラキラで。空の星々がシズカの瞳に入ってしまったのではないかと錯覚する。

器用に枝を回しながら全体に焦げ目《こめ》をつけ、こちらを見てにっこり。

「熱いから気を付……」

「あちっ！」

「あつい……！　けど、あまぁい。とろとろ～」

「はは。舌、火傷《やけど》しなかったか？」

「ん。ちょっとぴりぴりするけど、大丈夫」

「ちょっと見せて。あーん」

あーん、と素直に口を開けるシズカが本当に愛《いと》おしい。

「んー、一応治癒しとくか」

笑顔で告げ、顎《あご》を掴んで唇を塞《ふさ》いだ。

「んんッ、り、お！　んあっ」

「ん、甘い」

これくらいならすぐに治るだろう。

最後に濡れたシズカの唇を指で拭《ぬぐ》うと、ぽーっとしているシズカ。

「どした？　嫌だった？」

「夜に外でぎゅってして、キスするの、何か恥ずかしい……いつでも恥ずかしいけど、今夜はリオが一段と綺麗に見えて余計に恥ずかしい……」

もじもじとそう告げるシズカにもう一度、口づけたのは言うまでもない。

「リオ、マシュマロ焼いて、クッキーと食べるとすごく美味《おい》しい……！」

先程まで妖艶《ようえん》な表情だったのに、今は無邪気で、可愛らしい。

冷えないように自分の中に閉じ込め毛布でくるんで、細い首にもキスを落とす。チュッと強めに吸い付くと、白く綺麗な首筋に赤い独占欲の痕《あと》がついて満足した。

「んん。リオ、今ちくってした？」

「悪い。ついキスマークつけた」

悪いなんて思っていないのに、滑るように口から出ていく言葉。

「キスマーク……」

「治癒で多分消える。消すか？」

「ううん。僕もやっていい？」

思わぬ返答に驚く。

「リオがしたなら僕も……だめ？」

駄目なわけがない。

シズカが毛布の中で向きを変えて、胡座《あぐら》の中に膝立ちになる。

「足、痛い？」

「いや、全然」

羽のように軽い。

俺の長い髪を後ろへ流し、肩に手をついて鎖骨の少し上にシズカが吸い付く。

チュクリと音がした。離れたそこに、微《かす》かに痺《しび》れたような感覚が残る。

「あんまり上手についてないかも……」

「もっかいしてみて？」

「んんッ、ちゅ、……あ。今度はちゃんと赤っぽくついたよ。痛くなかった？」

「痛くない。ありがとう」

嬉しすぎて胸は痛むけど。

「ねぇ、リオ？」

「ん？」

「キスマークって自分のものって印でしょう？」

「うん？　まぁ、そうなるのか。獣人だとマーキング的な意味合いもあるしな。俺もキスマーク初めてだけど、謎に満たされてるし」

「……初めて？　そっかあ……あのさ、僕はリオのもの？」

そう言って見上げるシズカの瞳は僅《わず》かに揺れている。

「シズカは俺のものになってくれる？　俺はシズカの身も心も、自分のものにしたい。……ちなみに、もう俺はシズカのものだ。好きに使ってくれ。むしろ一生捨てないでくれ」

「ふふ。捨てないよ。僕のことも、捨てないでね？」

「大切に大事にしまっておくに決まってるだろう」

「何それ。僕、リオにしまわれちゃうの？」

しまっておきたい。何にも触れられないように。他人の視界にすら入らないように。

「あの国にいる時は、しまわれててくれると助かる」

「……ん。それは、僕も助かる。あのね、もう、元の世界には、マイカのところにはね、帰りたくっ、ないっ」

「シズカ、帰さないから。大丈夫だから」

ヒッ、ヒッと呼吸が荒くなるシズカの背中を擦ることしかできない自分は無力だ。

「あっちは、こわくて暗くて、いた、い」

初めて、シズカが自分のことを話してくれて、泣いているのに。傷ついているのに。

俺はシズカの口から語られる過去や帰りたくないというはっきりとした言葉が嬉しくて。そして、シズカを傷つけた全てのものが憎い。

「シズカ。この先、帰りたいって言っても帰してやれねぇし、きっとシズカが俺から離れようとしても離してやれねぇと思う。しまっておきたいっていうのも、半分以上本気。それでも良いか？ずっと傍《そば》にいてくれる？」

自分でも自覚するほど重い愛。

もう断られても引けない。

「うんっ、ずっと一緒に、いて」

「うわぁぁぁ」と子供のように大声で泣き出したシズカを強く抱き締めた。心臓がばくりばくりと音を立てて、幸福感で満たされる。

強気を装《よそお》っていたが、ずっとシズカがどこかへ行かないか不安だった。態度で嫌われていないのはわかっていたものの、強引に事《こと》を進めていたから。

それが、シズカの言葉一つでこんなに違うとは。

任期中に糞聖女《くそせいじょ》たちをなんとかして、契約終了後はここに家を建てよう。

二人用の小さな家。小さければ常に引っ付いていられるし、常に視界に姿が入るだろう。

涙が落ち着いた頃を見計らって、瞼《まぶた》に口づける。

「なぁ、好きって言って？」

「……すき。りお、すき。りおが、すごくすごくすき」

「俺も。俺もシズカが何よりも大切で何よりも好き」

静寂の中の焚き火と星空とシズカの泣き笑いがすげぇ綺麗だった。


泣いて、微笑《ほほえ》み合《あ》って、一緒に片付けて。

屋敷へ戻った時にはすっかり眠りの国の住人と化したシズカをベッドへ押し込み、片付けは後回しにして隣へ寝転ぶ。

こちらから抱き寄せる前に、当たり前のように腕の中に入ってくるシズカに笑みが洩《も》れる。

「んん……りお……」

「おやすみ、ゆっくり寝な？」

「おや、すみぃ……」

随分前に魔法に関する研究は一段落したと思ったが……全ての時間を止める魔法をもう一度研究しようか。

空間や物の時間停止はできるのだから、可能なのではないか。

このまま時が止まればいいのに。ついついそう願ってしまう。

そんな夢物語を考えながら眠りについた。

○○○

「エルフ様！　先日は祈りの邪魔をしてしまい、申し訳ありませんでした……！」

年寄りなのに小走りで近づいてくるのは神官のアルド。自称、俺の信者という元気なじーさんだ。

「いえ、気になさらないでください。いつでも、どんなところでも祈ることはできますので」

「あぁ、エルフ様、ありがとうございます……」

「それでアルド、見せたいものというのは……？」

「本日、聖女様たちは第一騎士団の訓練所だそうで……奥へどうぞ」

神殿の奥には元神官長の隠し部屋がある。無理やりに神官長の座を降ろされたヤサという男のものだ。

聖女にべったりな王子たちにはこの部屋の存在を伝えていないというアルド。神官のくせに悪どい奴。ってか、気付かないのもどうかと思うけど。聖女に構うのが忙しいようで……ほんと糞《くそ》。

「エルフ様、どうぞ」

暗い石畳の階段を下り、目眩《めくら》ましの魔法を感じながら扉を開けると——

「エルフ様、ようこそお越しくださいました」

「ヤサ。ここに来て問題にはなりませんか？　……貴方が神官長という役を降りなくてはならなくなったことが悔やまれてなりません……」

「エルフ様……そのお言葉だけで充分です。……アルド、席を外していただけますか？　エルフ様に伝えたいことがあります」

俺を待っていたヤサがそう言うと、テーブルに茶菓子を並べていたアルドは一礼して部屋を出た。アルドが出てすぐに俺は防音の魔法をかけたが、ヤサも同じタイミングでかけたらしい。

「おい、ヤサふざけんな。なんで神官長辞めてんだよ」

「麗《うるわ》しのエルフ様がそんな話し方をするな馬鹿者。もう疲れたんだよ。俺は領地に引っ込んで可愛い孫娘と羊に囲まれて暮らすんだ」

「うぜぇ」

「断るほうが無理だった。もう領地に帰る」

「うぜぇ」

こいつは人のフリして神官長にまでなった珍しいエルフ。かなり年上の、頑固ジジイだ。

「で、何。俺も帰りてぇ」

「半身ができたと聞いたぞ。めでたいな」

「はいはい、どうも。で、何？」

祝いの言葉を言うために呼んだわけではあるまい。

「ここに、歴代の神官長のみが読める聖女についての書物がある」

「ヤサはもう神官長じゃないだろ。よこせ」

「まぁ、やるが。ステラリオ、何故《なぜ》この国でエルフが讃《たた》えられているか知っているか？　国が落ちる時、聖女が救うという伝説がある。その時、聖女に寄り添うのがエルフとされているのだ」

この国を救おうとするエルフがいたのか。何年前だそれ。千年くらいか？

「だからなぁ、聖女が来た時にお前もハズレを引いたと……ブフッ、いや、失礼」

「うぜぇ」

あの聖女がやたらと俺に構うのはそれか……？　実力のない聖女も聖女と認められるのか……？

「そもそも国の危機じゃねぇのに勝手に召喚したんだろ。俺には何も救えねぇし、救いたいとも思わねぇ」

「エルフはなぁ、聖女の魔力タンクみたいなもんだ。人が人に魔力を与えたところで、なんの意味もない。……わかるだろう？　……それに、聖女とエルフはとにかく惹《ひ》かれ合《あ》うそうだ。……俺たちエルフの半身のようだろう？」

……何も知らないで、知ろうともしないで召喚までして可哀想な奴ら。聖女の何が良いのか。そこらの貴族令嬢と何が違うのか。

「聖女に会いたいのう、ステラリオ？」

「呼んでくるか？　糞女《くそおんな》」

「糞女《くそおんな》には会いたくないわな」

ぶははと豪快に笑うヤサに、いつか半身を連れて羊の毛刈りに行くと伝えると、優しく頭を撫《な》でられた。

子は宝。なかなか増えない俺たちエルフは、里一丸となって育てられる。年を重ねても半身が現れない俺を気にかける長老は多かった。

「では坊主、暫《しば》しの別れだ」

「いや転移で行けるし」

「それもそうか！」とにっかり笑ってヤサはその場を後にする。

あー、俺も早く引退してぇ。シズカと常に一緒にいてぇ。

そんなことを思いながら、俺はしっかりと目眩《めくら》ましをかけ直した。


「――アルド、ありがとうございました」

「いえいえ、またいつでもお越しください。エルフ様、そろそろ昼食のお時間ですが……聖女様がこちらへ向かっているそうです」

溜め息しか出ないな。

「そうですか。私は屋敷に食事の用意がありますので、これでお暇《いとま》させていただきますね」

人前で転移はしない。できると知られたくないのだ。

感情を出さないように、できるだけ急ぎつつ、ドアを開ける。そこに息を切らした聖女がいた。

「エルフさん！　昼食をご一緒してもよろしいですか!?」

「申し訳ありません。屋敷に用意がありますので。失礼させていただきます」

「……そんな！　もう頼んでしまっているので、せっかくなので食べていってください……！」

この女とはいつも会話にならず、苛立《いらだ》ちが募《つの》る。

「いえ、予定がありますので」

「勿体《もったい》ないです！　食べ物は大事にしないと！」

頭の中で聖女の長い髪を掴んでテーブルにその顔面を思い切りぶち当てた。あー実際にやりてぇ。

「食物は大切にしないと。良い心掛けですね。流石《さすが》です」

「えへへ。ありがとうございます。じゃあ、一緒に……」

「それでは、私も屋敷で用意されているものを大切に、大事に食します。勿体《もったい》ないですものね？

お互い、用意した分は無駄にしないようにしましょう。では、失礼します」

「え？」

優雅に一礼。馬鹿に頭を下げるのも嫌だが、仕方がない。想像の中で糞女《くそおんな》の髪を掴んだ右手がとても汚く感じて、浄化してから神殿を出た。


屋敷へ戻ると、厨房から楽しそうな笑い声が聞こえて安心する。

「リオ！　おかえりなさい」

「……ほんと癒《いや》し。ただいま」

すぐにそちらへ向かい、後ろからぎゅうと抱き締めてシズカを堪能《たんのう》した。

「もう、ステラリオ様、邪魔ですよぉ」

マリアはそんなことを言いながらも、テーブルへ飾る花を切ってくると外へ出る。

「リオ危ないよ？」

「大丈夫」

「……もー」

危ないとは言っているが、邪魔だとは言わないシズカが好きだ。シズカは暫《しばら》く包丁を使わずに、腹あたりに巻き付けた俺の腕を時折さすりながら鍋をかき混ぜた。

「お昼、食べよ？」

ぐりんと上を向いてそう無邪気に告げる唇を一度だけ奪い、食事の用意を手伝う。

「――うまい」

「良かった……！　おばあちゃんにお料理の仕方とか、色々教えてもらったよ」

「ん。仲良くできてて良かった」

シズカはマリアたちの前でも前髪を上げたまま、すっかり慣れてくれたようだ。

メルロはマリアを花をくれる人だと認識して、シズカとの間をちょこちょこと子賢《こざか》しく移動する。

……ちなみに、ニコラスに対しては俺への対応と似たり寄ったりである。

「食べ終わって片付け終わったら、今日こそ魔法の練習な？」

「はぁい。頑張る」

「できたらラッキーくらいの頑張りでいい」

魔法は保険くらいに考えて、あとは俺とくっついていればいい。

どちらが皿を洗うかで取り合いになり、また背中に抱き付いていてもらう。

「リオなら浄化の魔法で綺麗にできるんじゃないの？」

「そりゃできるけど、魔法使ったら一瞬で、こうやって抱き付いててくれないだろ？　……嫌か？」

「そっかあ。それもそうだね？　くっついてるの、嬉しい」

「もっと強く抱き付いて」

「……ぎゅう」

口で「ぎゅうっ」と言っているだけで、邪魔にならないように気を使ってか、シズカは強く抱き付いてはくれないけど、ぐりぐりと顔を背中に擦り付ける。……ゆっくりゆっくりと時間をかけて、これでもかというほど丁寧に皿洗いをした。

シズカが可愛すぎて、これ以上時間をかけると、また我慢ができなくなりそうで深く息を吐く。

「どうしたの？」

「いや……シズカが好きすぎてずっとくっついていたいけど、反応しそうだから落ち着いてたとこ」

「反応？」

「主に下半身」

「……ばか。へんたい」

「今日はちゃんと夜まで我慢する」

あんまがっついて嫌われたくないし。

俺の言葉に、また可愛く「バカ」とか「変態」と言われると思っていたが――

「……僕も、我慢する」

この天然小悪魔が可愛すぎて困る。

「――メルさん、あんまり遠くに行っちゃだめですよ。僕たちはここで魔法の練習をしていますね？」

『ムイっ』

返事をしながら口へ花弁を押し込みつつ、好みのものを探すメルロ。

「んじゃやるか」

「はい！」

魔法の練習を始めようと俺が言うと、やる気に満ちるシズカ。そんなに嬉しいのか。

「多分、シズカは大抵の魔法を使えると思う。生活魔法なんかはあると便利だけど、なくても別段困らないから、その辺は使いたいものを上手く使ってくれ」

「……あ。それはたぶんできたと思う。さっきお料理の時にマリアさんのやり方見て、水とか火とか出してみたの」

「おー。んじゃ、大丈夫。俺が教えたいのは一つだけ。転移の魔法」

「いつもリオと一緒の時しか転移しないのに？」

まぁ、そうなんだが。万が一を考えて教えておきたい。

「ん。俺がいる時はいいんだが、俺がいない時に、何かあったらすぐ俺のところに転移。これは約束。シズカが絶対に守らなくちゃいけない約束だ」

「約束……はい。約束する」

「じゃあ確認。何かあったらどうする？」

「転移します」

「はい違う。俺のところに、が抜けてる。絶対に俺のところに来て。てか、来い」

俺のところへ来てくれたら、あとはどうにでもなるから。絶対に俺のところへ来てほしい。

「ん。リオのところに転移する」

「知らない奴がいるとか、糞女《くそおんな》がいるとか、糞王子《くそおうじ》がいるとか。……少しでも心が痛くなったら、俺のところに来るって約束な？」

「はい」

「ただ会いたくなったとか、変な虫がいたとか、本棚の上段に手が届かない時とかは転移してくるほうが糞《くそ》たちに巻き込まれそうだから、俺に手紙飛ばして？　すぐに俺が行くから」

「ふふ。うん。お手紙書いて転移？」

「ん。それもやり方教える」

「……約束する。ちゃんと何かあったらリオのとこ行く」

「ん。良い子。んじゃ、練習な？」

思った通りと言うかなんと言うか、転移という高度魔法はエルフの中でもできる奴は少ないのに、シズカはそれをしれっと行えた。

ここと屋敷――国を跨《また》ぐ距離をしっかりと転移する。

難しい魔法ということには気付いていないだろう。

それで良い。気軽に転移できると思い込んでいてほしい。転移先は俺だけ。そこは百回は教え込んだんじゃないだろうか。シズカは呆れた顔もせず、約束すると何度も返答する。

「絶対に、リオのところに行く」

「百点満点。しっかり俺の腕の中に転移してくるな？　偉い」

「あのね、リオにぎゅってされてるのを思い浮かべて、『リオのところ！』って心の中で叫ぶの。そうすると本当にリオの腕の中に入るんだよ？」

「……可愛さ一億点」

「もー、またそれ？」

笑うシズカの笑顔が守られればなんでも良い。

魔法の練習を終わりにしてメルロを回収する。

「メルさん、お腹《なか》いっぱいでおねむです？　かわいい……」

『ムムー』

すぴすぴと鼻を鳴らして寝床《ねどこ》で丸くなるメルロに優しく語りかけながら、籠《かご》に布をかけるシズカ。

おやすみなさいとメルロに声をかけたタイミングで、彼を抱きかかえて風呂へ向かった。

初めの頃はジタバタと可愛らしい無駄な抵抗をしていたのに、今では大人しく首に腕を回してくれるから、嬉しくて堪《たま》らなくなる。

「最近、身を任せてくれるのが可愛い」

「下ろしてって言っても下ろしてくれないもの」

諦《あきら》めたんだよ、と照れ隠しなのか肩に顔を埋めてしまう。

この子はその仕草がどんなに男心を擽《くすぐ》るのかわかっているのか。わかっていないんだろうな。可愛いから良いけど。

「いつも思うんだけど、抱っこ重くない？」

「全く重みを感じない」

「それは嘘だよ」

くすくすと笑う吐息が耳元で感じられてくすぐったい。お返しとばかりにシズカの耳へ舌を沿わせると、彼は真っ赤になって耳を手で塞《ふさ》いだ。

「ちょっと……だめ」

「何が駄目？」

「うぅ……」

「なー、何が駄目なの？」

「……リオ意地悪」

はぁ、可愛い。とろんとした瞳を頑張って吊り上げて怒ったフリをしているのが可愛い。

「好きだ」

「りおのばか」

そう言って完全に顔を伏せてしまったシズカの背中をぽんぽんリズム良く撫《な》でながら、俺は幸福感でいっぱいだ。

「はい、首上げて」

ローブの留め金とシャツのボタンを外したくて声をかけると、脱がされることに気付いたのか、シズカは自分の手を伸ばす。俺はその手を取った。

少し前までは羞恥心《しゅうちしん》を表してはいても脱がされてくれたのに。意識してくれているのか。

「脱がしたい」

「うぅ……」

シズカのローブは紺《こん》。留め具は焦茶《こげちゃ》の革で、留め金は金。首元でしっかりと留められているそれを外すと、生成《きな》り色のシャツが見える。

しっかりとボタンを全て留めている真面目さがいじらしい。このシャツ姿でさえ自分以外が見ることがないと思うと……腹が熱くなるような気持ちになる。まぁ……滾《たぎ》る。

こんなシンプルな無地のシャツ一枚でこんなに可愛いなら、着飾ったらどうなる……？　いや、シズカはシンプルな服のほうが可愛さが引き立つな。

「……リオ？」

怪訝《けげん》な表情のシズカ。それに素直に思っていたことを告げると、苦笑いする。

「リオはお話しする時と静かな時のイメージが違いすぎる……」

「嫌い？」

「……すき」

「なら良い」

シズカに好きと言ってもらえるなら、なんでも良い。

「あ、でも……」

「ん？」

「やっぱり、どっちのリオも、すき」

そう言ってこちらを見上げ、窺《うかが》うように首を傾けられたら——

「わあっ」

がばりとシズカを抱き締めて、天を仰《あお》ぐことしかできない。

「本当に、シズカの可愛さに殺されそう」

「何それ」

そんなことしないよ、とそのまま頭をぐりぐり押し付けてくる。そういうところに殺されそうなんだ。

触れ合ったり抱き締めたりすると、自らくっついていていてくれるシズカ。

「ぎゅうってするの、好き？」

「すき。……ぎゅ」

「はぁ、鼻血出そ」

もう、本当に。可愛すぎて辛《つら》い。

「りお、お風呂入ろ？」

いつの間にか自分でシャツを脱いでいたシズカの可愛い二つの胸の突起に誘われ、食らいつく。

「んんッ、ひ、あッ」

てらりと光る小さな粒を捏《こ》ねて、反対も同じようにする。

「あッ、り、お……！　汚いよぉ……おふろはいろ？」

「んー？」

風呂に入って同じ石鹸《せっけん》の香りがしているのも良いが、シズカの香りが一番好きだ。

ぽてりと色濃くなったそこが何よりもうまそうで、舐《な》めたくて。チュッとそこへキスをする。

「あッ、やッ」

「硬くなってる」

片方は舌で可愛がって、片方はくりくりと摘まんで、潰して、また、摘まんで。時折、引《ひ》っ掻《か》くようにピンと弾くと、同じようにシズカの身体も跳ねた。

そろりと下穿《したば》きに手を滑らせると、反応してくれていてホッとする。

本気で嫌がられたらやめようと思っていたが、反応しているならいいかと少し強めに揉《も》み込《こ》んだ。

「んやぁッ、あ、んんっ」

「うんうん。気持ちいいなぁ？」

「へ……へんたっ、いッ！」

「はいはい。その変態に勃《た》たされてるのはどこの可愛い子？」

「……うぅっ、ばかばか。りおのばか……！」

勃《た》ちきる前に脱がないと脱ぎにくくなるから、と下穿《したば》きに手をかける。

シズカの足元にしゃがんでチラリと上を見ると、顔を両手で隠して耳まで赤くなっている可愛い子。この子はどこの子だ？　俺の可愛い半身だ。

自問自答しつつ、一気に下穿《したば》きを下げて、ふるりと出てきた性器にも舌を沿わせた。

「ひゃあッ、あ、うそ、やだあッ」

シズカの動きに合わせてふるふると揺れるそれに片手を添えて、裏スジから舐《な》め上《あ》げる。

くぷりと溢《あふ》れる蜜を舐《な》めとりながら、水音を立てて上下に擦った。

「や、あッ、りお、も……だめ」

思わず、といったようにこちらを見るシズカは厭《いや》らしい。先を咥《くわ》えて視線を交えたまま、俺は微笑《ほほえ》みを向けた。途端に、シズカはびくりびくりと精を吐き出し肩で息をする。最後に先っぽの穴まで綺麗にして口を離すと、呆然とするシズカ。

「シズカ、麗《うるわ》しのエルフ様の微笑《ほほえ》み好きな？」

「……ん」

「あー、射精してぽわぽわしてるシズカ可愛い」

「……笑ってても……なくても……どっちも、すき」

「……心臓撃ち抜かれた」

急いで服を脱いで、また抱きかかえて浴室へ足を踏み入れる。頭も身体も泡だらけにして、わしゃわしゃと洗った。それをざぱーっと流して湯船につかろうとしたところに、待ったがかかる。

「りお、僕も」

「ん？　もう洗ったからまた今度」

シズカに洗われたら暴発する自信しかない。

「いつも、僕の髪だけつるつるするやつしてくれるけど、リオは石鹸《せっけん》だけだから。僕もリオの髪、つるさらにする……！」

身体を洗ってくれるのかとエロい意味で期待した自分が恥ずかしい。俺の髪をつるさらにしたって意味ないんだが……長くて邪魔だから適当に括《くく》っているし。

「……やりたい。だめ？」

「駄目なわけがない」

駄目なわけがない。ないのだが……今か……今なのか……先程の甘い空気はどこに行ったのか。

……それでもシズカに髪に触れてもらえるのが嬉しいと感じてしまうのだから、惚《ほ》れた弱味なのだろう。

ありがたいことに、これからの人生の時間はたっぷりとある。

まぁ、頭ではそう思っていても、シズカを前にしたら理性は飛んでしまうのだが。

「はい、じゃありオの髪をつるさらにする香油？　つけます……！」

「適当でいいぞ。ただでさえ長くて大変なんだから」

「適当だなんて……！　でも、リオの髪は普段何もしていないのに綺麗だね？　透けるような銀がとっても似合ってる」

「そうか？　お前の黒のが、神秘的で綺麗だと思うけど。銀は聖職者に多い色だし」

細くしなやかな指が俺の髪を一房ずつ取って、丁寧に香油を塗りつけ櫛《くし》で梳《と》かす。

「ふふ。僕の国ではほとんどが黒髪黒目、この国みたいにカラフルじゃないんだよ。地味でしょ」

「へぇ。糞女《くそおんな》の茶色は異国の色？」

「んと、元々、少し茶色がかってたけど、こっちに落ちてきた時は染めてたから、そのままなら染め粉の明るい茶色かな？」

ミルクティーハニーブラウンだよ、とよくわからない色の説明をされるが一つも興味が湧かない。

「髪をわざわざ染める意味がわからねぇ。変装でもないのに」

「うーん。オシャレなんだよ。ファッション？　なの」

「へぇ」

ミルクティーハニーブラウンの説明はどうでもいいが、次のプレゼントは色鉛筆か絵の具にしよう。シズカは色に拘《こだわ》りがあるのか、俺の銀髪やメルロの艶《つや》やかな白毛をやたらと褒めるから。

「ミルクティーハニーブラウンには興味ないけど、シズカの黒髪とかその瞳とかはすげぇ綺麗で可愛い。好き。てか、シズカが好きだから、何色でも好き。大好き。愛してる」

「えっと、あの、……僕も。すき」

途端に甘くなる空気に振り向いて抱き締めたくなったが、シズカがしっかりと俺の髪を手入れしてくれているため、諦《あきら》めて好き好き言い続けた。

「できた……！」

「ん。ありがとな」

最後に軽く流して一緒に湯船につかる。確かにシズカと同じ香りになるのは良い。シズカのために選んだ淡く香るベリーとミントの香り。

「ちょっとドキドキする……」

「ん？」

「リオから僕と同じ香りがするの、ドキッとする……」

「俺も」

最近、心臓に負担がかかりすぎている気がする。

「えぇ。リオはそういうのなさそう」

くすくすと笑うシズカをやっと抱き締められた。胸にシズカの耳がつくように顔の向きを変えさせて、押し付ける。

「聞こえた？」

「ん。すごくドキドキしてる」

シズカに触れている時はいつもこうだ。

「そのまま聞いてて？」

胸に埋まる可愛い旋毛《つむじ》にキスをして、そのまま肩から胸、臍《へそ》とシズカの身体を撫《な》でる。

可愛く、ぴくりぴくりと動く腰。

両手で可愛い胸の突起を摘まむと、シズカは「ひゃんッ」と甘い声を出す。とろみのある入浴剤を入れていたのを良いことに、俺はそっと双丘の間に手を伸ばした。

最初は軽く、きつく閉じているそこの皺《しわ》を一本ずつなぞるように触れる。

「ふあッ、んんッ……！」

「心臓の音、速いだろ？」

「んやあっ、も、わかん、ないッ」

「あーもう、可愛いなぁ。溺《おぼ》れちゃうから、腕、俺の首に回して。捕まってて」

向かい合わせで胸に耳をつけていたシズカを引き上げて膝立ちにさせ、首に掴まらせる。

「ん。少し弛《ゆる》んできた」

優しく撫《な》でて、たまにカリカリ引《ひ》っ掻《か》いて。弛《ゆる》んできたところに指を一本ゆっくりと埋めていく。

「っあんッ、や、おゆ……」

「これ自然由来の入浴剤だから大丈夫」

「や、も、りおの、ばか」

そうじゃないぃとへたりと力を抜いた瞬間に、俺は指の根元まで埋めきった。

「ん、入った。大丈夫か？」

「やあ」

「やだ？　動かしちゃ駄目？」

聞きながらも軽く小刻みに動かす。シズカのそこが絡みついてくる。

「んあッ、や」

「や？　ここ、気持ち良くない？　軽く動かす度にシズカの中がぎゅうってしてくるけど。ほら」

指先が僅《わず》かに入るところまでゆっくりと引き抜いて、ゆっくりと戻す。

「あぁッ、ん、やぁ、りお、りお」

「やめとく？」

「やあっ、きもち、……もっと、して？」

その言葉に出し入れするスピードを上げた。

中をぐるりと探り……

「シズカのいいとこ、見付けた」

「あぁぁぁぁッ！」

パシャリと湯が撥《は》ねて、二人にかかる。

勢い良く抜いて指を増やし、見付けた良いところを重点的にこりこりと擦る。

「やぁぁッ、だめ、も、だめぇッ！」

ついでとばかりに後肛と性器の間あたりをぐっと押してやると、喘《あえ》ぎ声《ごえ》が大きくなった。浴室でよく響くことに気が付いたのか、必死に俺の肩に口を当てて耐えるシズカの姿は可愛すぎて……

「ちゅーしてて？」

「ん、あ、んちゅ、んむぅッ……！」

搦《から》め捕《と》った舌に吸い付いてくるシズカの可愛い声は全部俺のもの。

ひくひくと動くヒダに絶頂が近いことを知り、しこりを攻めながら自分のとシズカの性器を纏《まと》めて擦った。

「悪い。もう一回」

「んん……も、出ないぃ」

だろうなぁ。でも、出なくてもきっと可愛い。

「挟むだけ」

息も絶え絶えのシズカをベッドに運び、クッションを敷き詰めたそこにうつ伏せに寝かせて……もう二回ほど付き合ってもらった。

一回で終わらなかったのは、確実にシズカに原因がある。ぽろぽろと生理的な涙を流しながら「気持ちいいのが終わらないぃ」なんてべそを掻《か》くからだ。

○ ○ ○

「はぁ。昨日は天国を見たな」

ほぅ、と俺は溜め息を吐《つ》いた。

「ステラリオ様、お顔。お顔がにやけてますよぉ。気を付けないと、付け入られる隙《すき》ができます」

気配を消して近づいてきたのはマリア。

「屋敷でだけだ。あっち行ったらちゃんとする」

そう返すと、「それならいいですけどぉ」と間延びした答えが返ってきた。

「シズカは？」

「んふふ。厨房にいますよ？」

朝食をとったばかりなのに厨房？　疑問に思いながら覗くと、ふわりと甘い香りが鼻をつく。

「リオ……！」

「ん。何やってたんだ？」

「んと、いつもお世話になってるリオとおじいちゃんおばあちゃんに……プレゼント……。皆もっと美味《おい》しいものが買えるだろうけど……」

「僕は怖がりで街に行けないから」と、差し出される包み。

「クッキー？」

「そう。メルさんの形と、お花型と、リオにはハート」

「可愛いな？　メルロと花はわかるが……ハートとはなんだ？」

「えぇ……こっちの世界はハートないのかな、マークというかなんというか……すきってことを表すのに使うの」

「好き……そうか……俺も好き。ありがとう。大切に食う」

おやつに食べてね、と微笑《ほほえ》むシズカが可愛くて、メルロ型と花型だけ食ってハートは時間を止めて永久保存することに決めた。

「……ちゃんと食べてね？」

「ん？」

「リオはこの間、僕が作ったパンケーキも初めての手料理だからって保存しようとしてたでしょう？　取っておくようなものじゃないから、食べてね？　また作るから」

「ん。また作ってな」

ここは変に反論しないほうが良いだろう。

もちろんバレないように初めての手料理は記念に保存してある。シズカコレクションのための空間を作ろうと思案中なくらいだ。

「んじゃ、行ってくる。さっきシズカは自分は怖がりだって言っていたが、本当に外は怖い。それがわかっているだけ凄《すご》い。無鉄砲に出ていく奴ほど良い結果にはならない」

まぁ、出ていこうとしても出してやれないが。

結界は厳重に。それは当たり前だし、実は入ってくるより出ていくほうが大変な仕様になっている。シズカを信用していないわけじゃない。

……本当は、臆病で怖がりなのは俺のほうなんだ。

いつだって、閉じ込める用意はできている。

「……りお？　どうしたの？」

「いや、シズカのことが好きだなぁって、しみじみ」

「ふふ。ぼくも、リオが好き」

「ん。ちょっと抱き締めて。勝手にどっか行かないで良い子で留守番しててな？」

「……行くわけないじゃない。僕にはリオしかいないいんだから」

その言葉に胸が喜びで満たされ、更にきつく抱き締める。それに不満を持つ者が一匹、げしっと俺に蹴りを入れた。続いてシズカに向かって「くるくる」と喉を鳴らし、甘えた顔してすりすり。

「わわ！　メルさんごめんなさい。やきもちですか？　かわい。ふふ。違うんですよ、メルさんとかおじいちゃんおばあちゃんはまた、違うの。リオはね？　特別なんです。あぁっ、もうっ……！　リオを蹴ったらメッですよ……？」

「いや、もう、いい」

蹴られても構わない。正直、苛《いら》つくけどそんなに痛くないし。

「嬉しいから、いい」

「……ぎゅ」

行きたくねぇ。今までの人生の中で一番行きたくねぇ。このままベッドに戻りたい。

「いってらっしゃい。気を付けてね」

「はぁ。行ってくる」


シズカと別れて数分。もう帰りてぇ。

この日の俺の気分は絶好調だった。

勘づかせはしないが、気持ちが昂《たかぶ》っていたのだろう。普段はしないようなことをしている自覚はあった。なんと、くたびれた顔をしている第二王子に、つい声をかけてしまったのだ。

「それで……最近、父上も聖女を好ましく思っているみたいで。急におかしいとは思いませんか？

それだけでなく、私にまで彼女から茶会や食事の誘いが来るのです。それが……怖くて。できる限り避けているのですが」

王はこの第二王子と一緒で割とまともだった印象だ。何かきな臭い。王も糞女《くそおんな》や第一王子には手を焼いていたはずだが。

まぁ、どうなったって俺の知ったこっちゃない。

「王子は剣技に長《た》けておりましたよね？」

「はい、少しは自信があります。王となった兄上をお守りするのが宿命だと思っていましたから」

「そうですか……では、魔獣に襲われるのと、聖女に襲われるのはどちらがよろしいですか？」

「そんなの、魔獣に決まっています……！　ただでさえ最近、兄上に睨《にら》まれているのに……」

ふぅ、と溜め息を一つ。

先程、シズカの可愛い贈り物のお返しにと揃《そろ》いの髪紐を買ったのだが、シズカの分を王子に渡したら俺と揃《そろ》いに……気持ち悪い。俺の分を渡したらシズカと揃《そろ》いに……無理。

諦《あきら》めて二本の髪紐を取り出し、両方差し出す。

「この髪紐に毒や魅了などの精神操作を打ち消す魔法を込めました。肌身離さずお使いください。一本は、王にお渡ししても構いません」

「……そんな、貴重なものを……よろしいのですか？」

「ただ、私の魔力は魔獣たちにはご馳走《ちそう》だそうで、そちらに狙われる確率が高くなるかもしれません。それでも、よろしければ」

「それは大丈夫です。父上にも私にも優秀な護衛がおりますし、私は自分の身は自分で守れます」

はぁ。シズカには帰りにまた何か買って帰ろう。

「エルフ様、こちらの対価はいかがいたしましょう？　払えるものなら良いのですが」

「それでは、この髪紐で何か王にお変わりありましたらお教え願えますか？　少々気になります」

「それは、もちろん……！」

「もし、何かありましたら、王に請求させていただきます。何もなければただの髪紐ですし」

本当にあの糞女《くそおんな》はどこまでも糞《くそ》だな。巻き込まれる前に、引っ越しを進めないと。

目の下の隈《くま》が酷《ひど》い第二王子に治癒をかけて、俺はエルフ様の微笑《ほほえ》みを残してその場を後にした。


屋敷に戻って、早速、ニコラスに指示を出す。

「ニコラス、この間の件なんだが、できる限り急いでほしい」

「……何かあったのか？」

あーもう、溜め息しか出ない。

「絶対、何かある。嫌な予感しかしねぇ」

俺のボヤキを聞いたニコラスは無言で頷《うなず》き、片手を差し出した。

「あ？　なんだ？」

「金。金、よこせ。差し出すものがなけりゃ、ドワーフは動かんぞ。まぁ、お前の名前でもう動いてくれてはいるが」

「へいへい」

帰宅前から肩に入っていた力が、思わず抜ける。

「あと、シズカにも金渡せ。飯作ってくれたり、掃除したりとかの雑務までしてるんだろう？」

それは何度も渡そうとした。でもシズカは頑《かたく》なに貰《もら》ってくれないのだ。

「置いてもらってるって思いが強すぎて受け取り拒否。ちゃんとシズカの賃金として毎月取り置いてはいる」

「あー、こないだな、マリアが一緒に花瓶に花活《い》けたんだよ。んで、厨房の掃除も一緒にしてくれたからって千Gあげたんだ。お小遣いって。あいつ、孫に小銭握らせるの夢だったから」

「あの玄関の花？　道理で、いつもより綺麗だと思った」

「あ？　マリアが活《い》けた花もなかなかだ」

「はいはい、そんで？」

「したらシズカがよ、その千G渡してきて、クッキー作りたいのでこれで材料を売ってもらえますか？　だとよ。いやぁあまりの可愛さにマリアと抱き締め……て、は、なかったなァ。ないない」

チッと舌打ちが出た。

なに、勝手に抱き締めてんだふざけんな。名前で呼ぶな。そう言いたい。

だが、シズカがかなり懐《なつ》いているのも知っている。

……ハァ。溜め息が止まらない。

「あいつかなり勉強してるな？　千Gで買える分きっかりだった。クルミもすすめたが、金が足りないからいらないって頑《かたく》なだった」

シズカには意外と頑固な面がある。

今まで、金や名誉やこの見た目目当てで言い寄られてきた俺には、そんなシズカが愛《いと》おしくて、怖い。今までの俺ではなく、本来の自分で勝負しなくてはならないのだから。

「……俺、シズカに愛想尽かされたら死ぬかも」

確かに簡単には死ぬことすらできないだろう。

「残念。お前はなかなか死ねないだろう？　ぶは。そんなふうに想う相手に出逢えて良かったなぁ」

「ん。んじゃ、死ねないならしょうがないから逃がさずに閉じ込めておくわ」

愛想を尽かされなければ良いだけだ。離れていこうとしたら……しょうがない。

「あぁ。そうなったら、俺が無理でもなんでもシズカを逃がしてやる。だから安心して囲い込んどけ」

何か矛盾してねぇか。やるなら俺を倒してからにしろ的な？　ほんと……

「保護者うぜぇ」

「お前の保護者でもあるぞ」

「うぜぇ」

「ぶはは！」と珍しくニコラスの仏頂面《ぶっちょうづら》が弛《ゆる》んでいる。楽しそうで何よりだ、ジジイ。

翌日、俺はこの時感じていた嫌な予感を身を以《もっ》て知ることとなる。

第三章

「——申し訳……ない」

「エルフ様！　本当に申し訳ありません。ですが……父上も……何者かに操られていたのです」

昨日、第二王子に渡した髪紐。様子がおかしかった王の髪紐をこっそり変えたところ、次第に元の王に戻ったそうだ。それで、めでたしめでたし——とは、ならなかった。

「これは、何に対しての謝罪でしょうか？」

……糞《くそ》が。

話を纏《まと》めると、本当に糞《くそ》。何者かに魅了されていたという王。何者かに、というのは、犯人は一人しかいないだろうに、断定できなかったらしい。

なんなの？　王家、馬鹿なの？　魔術師いないの？

特定できないほどの魅了って……最早《もはや》、聖女じゃなくて、魔物じゃね？　いやもう畜生《ちくしょう》——魔獣じゃね？

本題はここから。魅了されていた王は魔獣駆逐の旅を糞女《くそおんな》たちに命じていた。いつもの三人組もセットで。

馬鹿なの？　魔獣駆逐隊についていくために第一王子と神官長と近衛《このえ》騎士団長が城を抜けて良い

わけがない。阿呆《あほ》なの？

そして、あろうことか――

「今すぐ四人に続いて、魔獣駆逐の旅に加わっていただけますでしょうか？」

「お断りさせていただきます」

「申し訳ない……サインも判も済ませ、契約魔法を用《もち》いて正式に決まった事柄なのだ」

「私には、私のやり方があります。聖女とはそもそもの方法が違うかと」

「すまない」

ッチ。使えねぇ糞共《くそども》が。どうする、殺せばいいか？　旅の初日に四人を殺せば良くね？

沸々《ふつふつ》と怒りで頭の中が真っ赤だ。

「一応聞きますが、旅というのは魔獣の森までですか？　そちらで一斉に？」

魔獣の森まで馬や馬車で数週間。どうせ聖女の治癒アピールしながら進んで、そこから駆除して帰ってくる。その間、二ヶ月以上か……？　正直、今まで通り隠れて転移して夜は屋敷に帰れば良い。

だが、シズカを残しておくのは……領地の森へ屋敷ごと転移させたとしても心配だ。だからと言って連れていくのは以《もっ》ての外《ほか》。

そして何よりも……糞女《くそおんな》たちと共に行動するのが嫌だ。何よりも嫌だ。

あーーーー、うぜぇ。

黙りこくる俺を見て、第二王子がこちらを窺《うかが》う。

「あの……エルフ様、今回の計画はエルフ様が数年かけて行おうとしていた、魔獣の数を一定に戻す、というものです。全ての魔獣を駆逐すれば何が起こるかわかりません……それは兄上たちに何度も説明しています。……ちみに兄上にも髪紐を忍ばせましたが、お変わりありませんでした」

聖女召喚したのはあの馬鹿王子だしな。残念ながら魅了ではなく、元々馬鹿だと証明された。

「それで……この旅の期間を定めたらどうか、と畏《おそ》れながら父上にも進言させていただきました。二ケ月……二ケ月で魔獣の数を契約した数まで減らせたら、エルフ様とこの国の契約は終結するという新しい契約魔法を上書きするのはいかがでしょう？」

初日に全部ぶち殺せば一日で終結？　そう喉まで出かかってやめた。二ケ月我慢すれば、シズカとずっと一緒にいられる。悪くはないが……

四人を殺してしまうのは、最後の手段か。

この国の人間に追われても逃げられるだろうし、一生楽させてはやれるけれど、犯罪者の半身とさせるのは俺が嫌だ。

やることが山積みだ。

シズカにはどう話す？　言わずにシレッと毎夜帰る？

……シズカには一つも嘘を吐《つ》きたくない。

それに結界を張れば、あっちの森ならメルロと外で自由に遊べるか。

「それでは、その契約には私の半身を害した場合の処罰について記《しる》させていただきます。よろしいでしょうか？」

神妙に頷《うなず》く二人にはもう、微笑《ほほえ》みはいらなかった。

「おかえりなさい……！　わわ！　どうしたの？　何かあった？」

屋敷に帰り着き目にできた可愛い笑顔に、堪《たま》らずシズカの肩に顔を埋める。

「……あった。……無理。……色々悩む……」

「りお〜……大丈夫？」

俺の体重を支えきれないシズカが壁に背中をつけたままズルズルと下がっていく。ぺたりと尻をついた半身を囲うようにして、壁に両手をつけてその額《ひたい》に口づけを落とした。

「ひゃあ、」と可愛く声を洩《も》らすから、次は唇……と視線を合わせたまま近づく。その瞬間、野太いニコラスの声に遮《さえぎ》られた。

「盛るなら部屋行け！」

「あらあらまぁまぁ、見たかったのにぃ……」

ここが屋敷のホールだと気が付いたのか、口をパクパクとして赤面しているシズカを見られないように、抱き締めて隠す。

「隠すなら公共の場で盛るな！」

「ここはステラリオ様のお屋敷なんだから、堂々とすれば良いのよぉ」

うふふ、と笑うマリアにおずおずと俺の腕の中から出るシズカ。小動物のようで可愛い。

「……少し、皆に話がある」

「お話？」

「あー、家族会議……か」

家族会議というワードに嬉しそうに笑い、シズカはいそいそと「お茶の用意するね」と厨房へ向かう。俺はニコラスと頷《うなず》き合《あ》って、ダイニングへ移動した。


「――まぁ……俺の考えはこんな感じだ」

屋敷は領地の森へ転移。この屋敷は幻惑としてあるように見せかける。来訪者が呼び出しの鐘を鳴らしたら森の屋敷でも聞こえるようにする。転移できる部屋を作って何かあれば転移して対応。

ニコラスにはあらかじめ話してあったので、主にマリアとシズカに説明した。

「……あらまぁ」

「拠点となる森へ行ったら天幕を張るから、そこから毎晩転移で戻る。それか、騎獣じゃなくて馬車で行ければ、夜は戻りたいんだよな。……俺、シズカに一日会えないのも耐えきれないと思うし。でも馬車はなぁ……台数を減らすためにとかって、同乗されそうで嫌」

「……あらまぁ」

「シズカ、そんなに不安そうな顔しなくても大丈夫。屋敷内はそんなに普段と変わらない。それに森に転移すれば、結界内ならメルロと外で遊べるぞ」

眉を下げてしまったシズカの頭を引き寄せると、素直にぺたりとくっついてくれる。

「俺一人だと転移の時とか辻褄《つじつま》合わせる奴が欲しいから誰かつける予定」

「あらまぁ……妖精を何人かつけますか？」

「あいつらはぴーちくぱーちくうるせぇ……ヤサっていう長老のエルフが最近、無職になってまだこの国にいるみたいだから聞いてみる」

「あぁ！　ヤサ様。それなら安心ですね」

くい、と袖を引かれてシズカを見ると、やはり不安そうな顔。そんな顔はさせたくないのに。

糞女《くそおんな》がいなければこんなことにはならなかったと考えれば考えるほど、腸《はらわた》が煮えくり返る。

「りお、僕も、行っちゃだめ？」

それは何度も考えた。連れていったほうが安全なのではないかと。

だがそのほうがシズカにとってリスクが高い。糞女《くそおんな》と同じ空間にいるだけで何かありそうで怖い。

「だめ、かなぁ……？」

あぁ、そんなに瞳いっぱいに涙を溜めて。

「ぼく、ちゃんと言われたこと、守るし、転移しろって言われたら……ちゃんと転移する……でも、連れていけないって言われたら、ちゃんと待ってる……うぅ……」

堪《こら》えきれずにぽろぽろと涙をこぼしてしまうシズカが可哀想だ。だが申し訳ないが嬉しい気持ちにもなる。こんなに泣くほど離れたくないと思ってくれているのか。

指で涙を拭《ぬぐ》って、頬にキスを。膝に抱き上げたいが、二人がいるからそれはやめておくか。

「はぁ、シズカが可愛い。大好き」

「……うっ」

「わかってる。ありがとうな？　でも、糞女《くそおんな》がいるぞ？」

「だ……ら……行く、……よ」

「ん？」

もしょもしょと話すシズカも可愛いが、上手く聞き取れない。

「だから、行きたいの……マイカがいるから……やなの……リオが、マイカと行くのが、いや……」

しくしくと涙を流すシズカを見て、不謹慎にも今すぐ部屋に連れ帰りたくなる。そんな俺にニコラスが凄《すご》い顔をするので、どうにか踏みとどまった。

「……まじで、俺のこの子は天使。可愛すぎる……」

「そうねぇ。本当に天使ちゃんよねぇ。……じゃあおばあちゃんも一緒に行こうかしら」

「は？」

「じゃあ、じーちゃんも行くか」

「は？」

意味がわからない俺と、顔を上げて大きな瞳をぱちぱちとさせるシズカ。

「だって、シズカちゃんもだけど、ステラリオ様のほうが、今は余裕ぶってても我慢できそうにないわぁ……それなら四人で馬車移動して、夜は結界張って四人でお屋敷に戻っても良いし。別々でも良いし。ね？　そうしましょうよ！　お屋敷は妖精たちとヤサ様に頼んで、私たちもシズカちゃんを守るわぁ」

「……ぼくも！　ぼくも、おじいちゃんおばあちゃんとリオのこと……守ります……！　言うことも聞くよ？　逃げろって言われたらちゃんと足手纏《あしでまと》いにならないように逃げるし、攻撃しろって言われたら攻撃する……！」

「いやでも、何かあったら……」

「それはここにいても同じよぉ。ステラリオ様がいない時にここで何かあるかもわからないわよぉ。ステラリオ様のいない隙《すき》を狙って聖女さんの息がかかった者が何かするかもしれないし……」

「……絶対に、守るから一緒に来てほしい」

その言葉に三人共、強く頷《うなず》いてくれた。

マリアの言うように、強がってはいたが、俺がシズカと離れるのが耐えきれないのだ。

和《なご》やかな空気の中、皆で食事をとりながら話を詰める。

「半身と従徒を連れていく、とはっきり言ってしまおうかと思う。エルフ様の半身がいるから近づくなと伝えれば、普通の感覚の奴なら従うはず。普通の感覚なら、だが」

「姿は？」

「見せるわけねぇ。妖精族は珍しいし、ニコラスとマリアも出てくるのは必要最低限で。マリアは常にシズカといてくれ」

「まぁ……！　シズカちゃん、沢山お話ししましょうね？」

シズカはもぐもぐとしながらマリアに首を縦に振る。はぁ、可愛い。

「なるべく屋敷に戻る。馬車や簡易テントじゃ不安すぎる」

「ステラリオ様、馬車は拡張して、ゆったりとしたソファーやベッドも置きましょう。簡易キッチンと貯蔵庫とシズカちゃんと食べるおやつと、あぁ……、新しい寝間着や髪留めやお洋服も……！　メルちゃんのお花も持っていかなきゃですし……」

「なるべく戻ると言っているだろう」

「マリアは孫と旅行するのが夢だったんだ。それくらい良いだろう？　ステラリオ、やってくれ」

旅行って……一人で苛《いら》ついて悩んでいたことが馬鹿らしく思えるくらいまったりとしていて、思わず口角が上がる。それに気付いたのか、シズカが俺の服に指をかけ、にっこりと笑顔を向けた。

「元気出た？」

「ん。ありがとな」

良かった……とふにゃりと笑みを崩して食事を再開する。

「もう、マリアのやりたいこと、全部やるか。快適に旅行するくらいの気持ちで。ニコラスのやりたいことはマリアと一緒として……シズカは？　何かやりたいこととかないか？」

「えぇ……、んと、んー、あ！　メルさんのお花摘みに行きたいな」

「それはもちろん行くが……それだけか？　欲しいものとかは？」

むむっと悩むシズカが可愛い。

「あのね、ぼく、お出かけしてお泊まり初めてだから……リオが大変なのはもちろんわかるけど、ちょこっとだけ嬉しいの。ごめんね……。だから、皆のこと、守れるように頑張るね？」

しょんぼりとしながら、「楽しみにするようなことじゃないのに……」と落ち込むシズカ。はぁ、抱き締めたい。部屋に行きたい。

「ん。俺も守るから、シズカも守って？」

意気込むシズカに守らなくていいとは言えない。俺がシズカに守られることのないようにするだけだ。

「あ、そういえば、シズカにやってほしいこと、ある」

「なぁに？　僕にできること？」

「ん。シズカにしかできないこと。後で部屋でやって？」

「はぁい。急いで食べちゃうね……！」

食べるスピードを上げたのを制止して、ゆっくり食うように促《うなが》す。

俺はもう食べ終わったから……マリアに行儀が悪いと笑われながら、椅子をシズカの真横に移動して、艶《つや》やかな黒髪を撫《な》で付《つ》けながら食事が終わるのを待った。


「――え？　魅了？」

部屋に戻って、早速、シズカに魅了の魔法をかけてくれと頼む。

「ん。魅了の魔法を使う魔獣がいるみたいだから、精神操作無効化の魔法をかけてほしい」

「できるかなあ……ちゃんとできたかも確認できないし、不安だよ」

「まぁ、やるだけ。俺あんまり魔法効かないし深く考えなくていい」

そう伝えると、不安そうな表情ではあるが「やってみる」と言ってくれた。

「……ぎゅ」

「え？　何、この可愛い生き物」

思わず腕の中に舞い込んだ宝物を大切に抱き締める。瞬間、ほわりと優しい光に己の身体が包み込まれた。

「あったけぇ」

時間にしてみれば数秒。それでもふわふわと暖かい空間にずっといたようで……

「……リオ？　どう？」

「シズカの魔法、すげぇ心地好い。ずっとしててほしい」

「わぁ、良かった……！　魅了の無効化ってよくわからなくて……効かなかったらごめんね？」

「もし魅了されたらちゅーして。戻るから」

あんな糞女《くそおんな》ごときの魔法は効かないと思うけど。

それにしても、シズカの魔法は本当に心地好くて驚いた。

「どうやってやったんだ？」

「んと、リオを抱き締めて、この人が僕以外の人を好きになりませんように……って。ごめん」

「どうして謝る？」

「だって……やってから気付いたけど、これも精神操作じゃない？　僕以外を好きにならないようにって……ずるい」

ずるくない。ただ可愛い。独占欲なんて面倒臭いものだと思っていたが、これは……

「嬉しいな」

「え？」

「嬉しい。シズカに俺を独占されてるようですげえ嬉しい。シズカの俺に対する気持ちが心地好すぎる」

「……良かったあ」

「俺もやっていい？」

「ん。して？」

「ぎゅう」

ぎゅうと抱き締めて、シズカがなるべく俺以外を視界に入れませんように、他者からの好意に気付きませんように、俺以外を好きになりませんように。

……俺から離れていきませんように。

呪いのようにどろどろとした懇願《こんがん》——

可愛い可愛いこの子に魔法をかけたい。

「んー……僕には魔法にかかったか、わからないけど……リオにぎゅうしてもらって、幸せ」

すり、と頬を胸につけられると……どうしようもなくなる。

「はぁ。今日の可愛さも振りきってるな。本当に可愛い。大好き。ずっと傍《そば》にいて」

「うん。リオもだよ？　リオも離れちゃ嫌だよ？　ずっと傍《そば》にいて」

「当たり前だろう？」

当たり前の約束。そして、もう一つのお願いをするために、抱き上げてベッドへ向かった。ぽすりとその身体を下ろすと、ふわりとベッドが沈む。

「もう寝るの？」

「寝ない……シズカに、お願いがある」

「なぁに？　できることなら、良いよ」

そう言って微笑《ほほえ》むシズカ。シズカにしかできないことなのは変わらないが、断っても構わない。ただの俺の我《わ》が儘《まま》だ。

「シズカと繋がりたい」

「え？」

「シズカと性交したい」

わかりやすく言えば、シズカの可愛くて慎《つつ》ましい尻を解《ほぐ》して拡《ひろ》げて俺の性器を突っ込んでぐちゃぐちゃのとろとろになるまで出し入れしたい。

ぽっと一瞬で頬を赤く染めたシズカは潤《うる》んだ瞳でこちらを見上げ戸惑《とまど》っている。そんな顔も可愛い。

「あう……」

「すげぇ情けないが、余裕ない。シズカが屋敷の外に出ることが嬉しいのに怖いし、不安になる。シズカの全部が俺のものって俺自身も、周りにも知らしめたい」

「あう……」

「だめ？」

嫌ならいいんだ。長い年月生きてきたんだからもう少しくらい待てる。これはただの俺の我儘《わがまま》。でも、不安は本当に強くて。情けない限りだが、シズカをここから出すのがかなり嫌だ。

この世界が二人きりなら、いくらでも待てるのに。

この世界が二人きりなら、誰にも邪魔されないのに。

「あの」

「ん？」

「リオなら、いいよ」

「……本当に？」

無理やりは本意じゃない。いや、したいけど。

「うん。僕、リオなら、いいの。あ、ううん、違う。リオが、いいの。リオだけがいいの。リオだけに、ぼくの全部あげたい」

俺の不安を噴き飛ばすような可愛いシズカの言葉に、見詰め合って、鼻先でキスして、笑い合ってから、俺はしっかりと唇に口づけた。

「ツん、ふぁっ」

くちゅり、と唇が離れて、透明な糸が二人の間にかかる。とろんとしている瞳が、庇護欲《ひごよく》をガンガンと刺激してきた。

本当に、なんでこんなに可愛いのだろうか。どれだけ可愛いと言わせれば気が済むのか。

「可愛い」

呆れられるから声に出さないようにと思っていたのに、結局、口から出てしまう。

「もっかい、ちゅーして」

「……ちゅ」

あぁ、可愛い。

「やあッ」

シズカはどこも弱いけど、耳もかなり弱くて。舌を差し込んで、ぴちゃぴちゃと水音を響かせると、ぴくりとその身体が小さく跳ねた。

頬も、喉も、鎖骨も。舌を這《は》わせて、時折、優しく甘噛みをする。

「シズカは、どこもかしこも甘い」

「あッ、んんっ、や、あッ」

素早く裸に剥《む》いてシーツへ縫いつけると、ピンと立つ可愛い胸の飾りと性器。

「やぁ。りおも、ぬいでぇ……ンンっ……！」

赤く色付く胸の先をピンと弾く度に背中を反《そ》らせて……必然的にシズカの可愛い性器がぷるりと揺れる。

「鼻血出そ。……シズカが脱がせて？」

そう言って微笑《ほほえ》んだのに照れたのか、フイと視線を逸《そ》らしたシズカは、俺のシャツのボタンに指をかける。だが、緊張か羞恥《しゅうち》か、震える指ではなかなか外せない。

言われた通り健気《けなげ》に脱がそうとするシズカの健気《けなげ》に勃起《ぼっき》する性器の先を、人差し指の腹でくるりと刺激した。シズカは可愛い声を上げてボタンにかけた指を離してしまう。

「ああッ、だめ」

「ほら、脱がせないと」

「ひあぁッ、も、さわらないでぇ……」

くぷりと溢《あふ》れた蜜をくるくると塗り込むのに合わせ、ぱくぱくと動く先っぽがシズカのように可愛くて。

「一回出す？」

「え？　やあぁぁぁッ」

自分の大きな掌《てのひら》でシズカのモノを優しく包み込んで、上下に擦る。シズカはすぐに絶頂を迎えた。はふはふと全裸で乱れた息をするシズカが美しすぎて息を呑む。

真面目なシズカはイッたばかりなのに、また頑張ってボタンに指をかけてくる。その手を取って、後ろへ押し倒した。

「悪い。限界。脱がせるのは、また今度な」

余裕なく自分でシャツを脱ぎ捨て、シズカの足を掴んで折り曲げる。香油をたっぷりと掌《てのひら》に出して温め、蕾《つぼみ》の皺《しわ》を伸ばした。

「……なんか……最近なるべく慣らしてたけど……ぷっくりして、しっとりして、スムーズに指が入りすぎねぇ？」

「……あう」

「シズカちゃん?」

「……あの」

「ん?」

「りおがお仕事でいない、とき……」

「んん?」

小さな声で聞き取りにくい。

「ぼく、じぶんで……」

「は? ……あ、いや、ごめん。怒ってない。絶対怒ってない。……それで?」

思わず出た言葉にびくりと表情を強張《こわば》らせるシズカを見て後悔する。怖がらせたいわけじゃない。

「りお、暫《しばら》くは入れないって。入らないって言ってたから……少しでも、協力、したくて……はしたなくて、ごめんなさい」

「謝ることじゃない。可愛すぎてどうしようかと思うけど。でも、俺もしたいから、次からは俺にさせて?」

うるうるな瞳で見上げないでくれ。

「ぼく、りおがいないときにりおのこと考えると、変なの……おしり、むずむずして……さわりたくなっちゃって……でも、ぼくが自分でさわっても、きもちよくなれないの。へんなの……ごめんなさい……」

だから、俺が早く挿入できるように頑張って拡《ひろ》げる手伝いをしていたと。

なんなの本当に。シズカは俺を可愛いという武器で殺したいの？

どれだけ俺を虜《とりこ》にするつもりなのか。

もう、これ以上ないほどにこの子の虜《とりこ》だ。

シズカの指先に口づけを落とし、人差し指から一本一本丁寧に舐《な》める。

「なぁ、この可愛い指、何本使ったの？」

「……や。りお、ばか」

ぽかりと叩こうとしたのか、力なく上げたもう片方の手を掴み、そちらにも口づける。

「んあッ、や、あっ……」

「ねぇ、どの指？」

「……うあ」

うるうるな瞳は可愛いだけだし、なんなら自分でするとこを見たい。そう言ったら泣いてしまうだろうか。普段なら泣き顔など見たくないが、ベッドの中での泣き顔は、滾《たぎ》るだけ。

「ばかばか」

「可愛い」

「ばかばかばか」

「どうやったんだ？　座って足開いて？　それとも四《よ》つん這《ば》い？」

「……うあ、りおばか、もう、や」

もう嫌い、とか言わないあたりがシズカだな。はぁ、うちの半身が可愛すぎる。

「でも、もうやらないで。さっきも言ったけど、この指に嫉妬《しっと》しそう。あー、でもシズカの自慰《じい》は見たい。すげぇ見たい」

「……ばか！」

「……悪い。口に出てた。でも、嫉妬《しっと》するのも本当」

この指かと思うと……れろりと舐《な》め上《あ》げ、指の付け根を甘く噛む。途端に枕に顔を埋めるシズカの真っ赤な耳がうまそうで、うつ伏せの身体に体重をかけないようにのし掛かった。

後ろから、耳をぺろりと舐《な》めて、腰の下に手を入れ引き上げる。シズカの可愛い双丘に俺の性器をつけて、挿入した指に合わせて前後した。

「あ、んんッ、やあっ」

「こうやって、俺のをシズカに入れて動くの、気持ち良いだろうな？」

しっとりと柔らかくなっているシズカの後肛に香油を継ぎ足し、指を増やす。

「いやッ、ひゃあっ」

「やなの？　やめる？」

「やだッ、やめな、いで……」

ぐるりと壁を刺激しながら引き抜く。香油が垂れるのを防ぐように、それを押し入れた。

くぱくぱと物欲しそうに口を動かすそこが厭《いや》らしすぎて……心臓が痛い。

「一応、痛覚鈍くする香油、使ってるけど痛くないか？」

ぷちゅ、くちゅりと出し入れする度に、香油が溢《あふ》れ出《だ》す。

「ふぁッ、ん、あッ、いたく、ないぃ」

「気持ち良い？」

「んやあッ、きもち、いいよおッ」

あぁ、やばい。これはやばいな。当たり前だが、こんなに可愛い生き物、見たことがない。

そして、俺以外の誰一人としてこの姿を拝《おが》めないのだと思うと…………やばいな。

「やぁぁぁッ、んあっ」

香油が出てくるのを見ながら緩く出し入れしていたつもりが、いつの間にか速くなり、可愛いしこりも可愛がってしまっていた。

「……シズカ、このまま後ろからのが楽だろうけど、どうする？」

ぺたりと枕に頬をつけ、はぁはぁと息をするシズカ。

「んん……お顔見たい……」

「ちょっとキツイかもだけどいい？」

「……ん」

とろりとした瞳でころりと仰向《あおむ》けになったシズカの胸の頂《いただ》きを、身体を起こして齧《かじ》る。シズカは可愛い声を上げながらも、じとりと俺を睨《にら》んだ。

はぁ、可愛いだけだな。

額《ひたい》と額《ひたい》を合わせて、一度至近距離で見詰め合う。

「本当に、可愛い」

「ふぁ、こんな時までそれ言うの」

「ふふっ」

シズカの好きなエルフ様の流し目微笑《ほほえ》み。

ぽぅ、としたシズカのとろけた後肛に、いきり立った性器をつけて、少しずつ埋め込んでいく。

「う、ああッ……」

「痛くない？」

シズカは、はふはふと息をしながら小さく頷《うなず》く。

少しだけ挿《い》れて、止まって。また少し進んで。

「んあッ、んんっ」

ぽたりぽたりと俺から滴《したた》った汗がシズカの裸体に落ちる。

どれほど時間をかけただろうか。奥にぶつかり、ずっと詰めていた息を吐いた。

「ふぁ、……りお」

「ん」

「りお。いたい？」

痛くない。すげえ締め付けでキツキツだけど、驚くほど気持ちいい。

「悪い、何か……幸せすぎて、好きすぎて、意味わからん」

「ん。ぼくも」

ぷるぷる震える指先で、俺の目元からぽろりとこぼれる雫《しずく》を拭《ぬぐ》って……ぺろりと舐《な》めたシズカに――

「ひゃあッ、え、わ！　おっきく、しな、でぇッ」

「無理無理無理」

こぼれる涙も引っ込んで、その分、シズカの中で更に硬くなる愚息。

「……悪い。我慢できねぇ。動く」

「あああああッ」

暫《しばら》くシズカの中に収まっていたから、馴染《なじ》んだ頃合いだろう。

ぐちゅりぐちゅりと音を立てつつ、ぴゅくりと白濁を飛ばすシズカの姿に、思わず口角が上がる。

「シズカ、俺の上、座れる？」

繋がったままの薄い腹が、ぴくぴくと痙攣《けいれん》していた。そこを撫《な》で上《あ》げ、返事も聞かずに腕を引く。

「やあぁぁッ、あッ、あんッ」

所謂《いわゆる》、対面座位で下から突き上げる。

「んあッ、や、りお、りおぉ。や、こわ、い」

「ん。怖くない。そのまま気持ちいいことだけ感じてな」

乳首に舌を絡めて下からずくりと突き、片手でシズカの律動に合わせて健気《けなげ》に揺れる性器を擦った。

「ひあッ、やあぁぁッッ！」

ぷしゃあと透明な液体が飛び散り、俺の腹にかかる。その締め付けで、どくりどくりと俺の精子が噴き出し、シズカの腹の中を汚していく。

その光景にひどく興奮して、むくりと再び硬度を増すが……シズカは気を失うようにこてりと眠ってしまった。

「……我慢、か」

欲を吐き出せずに辛《つら》い。

だが、それよりも幸福感が半端《はんぱ》ない。

ずるりと引き抜くのに合わせ、溢《あふ》れる白濁と洩《も》れたそれが纏《まと》わりつく下半身。

「はぁ。シズカ、大好き。愛してる。もう、というか、始めからだが……離してやんねぇ」

耳元でそう言って抱き締めると抑えられない水が目元から落ちたのは、シズカには内緒だ。

○○○

こんなにも幸せな朝を迎えたことはない。

昨夜は、眠るシズカを浄化で綺麗にすることなく、しっかりと自らの手で風呂に入れた。

気を失って眠ったはずなのに、俺の出した白濁を掻《か》き出《だ》す時には甘い甘い声を洩《も》らすから、少しだけ悪戯《いたずら》もしてしまったが……

バレてはいないだろうから良しとする。

……可愛い声を出したシズカにもほんの少しは責任があるし。

改めて、腕の中の宝物に視線を落とし、思わず笑みをこぼす。

昨夜、適当に着せた俺のシャツ一枚で眠るシズカを抱き寄せた。すぴすぴと眠るこの子は俺がなかなか寝付けなかったのも、朝早くから目覚めてしまい寝顔を眺めているのも知らない。

時刻は朝の九時前。そろそろ顔が見たいので起こしても良いが、身体が辛《つら》いだろうからゆったりと寝かせてやりたいとも思う。

今日はシズカに髪を切らないか提案してみよう。

今まで自分でザクザクと切っていたというシズカの髪は毛先がバラバラで、お世辞にも整っているとは言えない。長さは変えなくても良いから、整えさせてもらえないか聞いてみるか。

髪紐で結わえても可愛いだろうなぁ。うなじとか……色っぽいだろうなぁ……

……昨日のシズカの可愛さもやばかったな。

犯罪級の可愛さだ。これ以上ないほどの可愛さだった。

その可愛い可愛いシズカをこれからも見られるなんて、なんて幸せなことだろうか。

そんな、可愛い可愛いシズカのことを考えていたのに、聞こえる騒音。

この部屋は防音になっているが、俺は耳が良い。

「私は聖女です。エルフさんが一緒に旅に出てくれると聞いて、ぜひ一言お礼をと思いまして……！」

まず、謝罪だろ糞女《くそおんな》。

「え、まだお休み中なのですか？　エルフさんったらお寝坊さんですね。大丈夫です。私が起しますよ」

げんなりとしながら、かなり寄ってしまった眉間の皺《しわ》を揉《も》み解《ほぐ》す。

糞《くそ》が。あー、まじ糞《くそ》。爽《さわ》やかな朝が台なし。

ふわふわとマリアのお使い妖精が飛んできて、小さな紙を差し出した。それを開くと、マリアの声が聞こえる。

「ステラリオ様、ステラリオ様、聞こえてますよね？　来ましたよ、噂の聖女様。国賓ですから私たちでは追い返せませんよぉ。国賓どころか第一王子もいらっしゃいますし。あらまぁ、ニコラスが、上手く隠していますが……ぶちギレそうですよぉ」

殺していいか？　いいよな？　俺はこいつらのせいで一緒に魔獣駆除に行くことになって、出発まで用意という名の休みをもぎ取ったんだ。ふざけんな。

今はまだ九時。アポなしで来る時間ではない。

シズカを置いて対応したとして、起きた時に俺がいなかったらどう思う？

逆に俺が起きた時にシズカがいなかったら？

……無理。寂しすぎて、死ぬ。死ねねぇけど。

起こすのも、可哀想だしなぁ。

あいつらのせいで起こすというのが癪《しゃく》に障《さわ》るから、起こしたくねぇ。

俺はペンと紙を手元に用意し、サラサラと文字を並べる。聖女宛にしようかと思ったが、違う意味に取られそうで王子の名前を封筒に書く。

メルロを手元に転移させ、無理やり手紙を咥《くわ》えさせた。かなり不満げな顔。

「ホールにいるのが俺たちの敵。これをマリアかニコラスに渡すついでに顔を覚えてこい」

「ムーーイーー」

嫌そうな顔で返事をしながらも、部屋の外へ転移させると移動している気配がする。

あいつ、夜光草を食べ始めてから本当に知恵がついたな。こっちの言うこと、理解しすぎだろ。

シズカの育てる夜光草は驚くほどのスピードで育った。今や主食をその夜光草の葉とし、間食としてその花びらを食しているメルロは、シズカの前では従順なペットではあるが、俺やニコラスの前では狂犬みたいだ。


「――王子殿下、こちら、エルフ様からでございます」

俺は玄関ホールの様子を探る。メルロが届けた俺の手紙をマリアが第一王子に差し出していた。

「わぁ、何この子。可愛い～！　おいで。おいでよ！　ねぇ、お姉さんのところにおいで。……おばあさん、抱っこさせてください！」

「おほほ……この子は人見知りで。聖女様、申し訳ありませんが、怪我をさせてしまったら大変ですわ」

「えー、私、自分の怪我は治せないからそれは困っちゃう。ロイド！　エルフさんはなんて？」

あ、糞女《くそおんな》はまだ文字が読めない馬鹿だったたか。

「読み上げるよ？『王子、おはようございます。本日は晴天であり、気持ちの良い朝ですね。さて、私事で大変恐縮ではありますが、本日より魔獣討伐までの期間は私も準備期間となりまして、執務をお休みしております。今朝は半身を腕に抱いて目覚め、離れたくないので身動きできません。大切な伴侶となる聖女を得られた王子なら、わかっていただけることと思います。なお、この休暇期間は、すでにご承知おきくださっていると思いますが、王より許可を頂《いただ》いておりますので。……王子、せめて事前に連絡をお願いいたします』」

寝てるから対応できねぇと王子に言えるのは、後にも先にも俺くらいじゃないだろうか。これが終わったらこの国は出るし、もういいだろう。

「え？　ロイドは王子ですよ？　エルフさんの雇い主側ですよね？　ってか、その半身って人もいつまで寝てるの？」

「マイカ、エルフ様に関しては雇うとか、そんな簡単なことではないんだ。やはり帰ろう？　約束していると言っていたじゃないか……」

「だって、ロイド！　お礼を言うのは礼儀です！」

アポなし突撃は礼儀がなっているとでも？　阿呆《あほ》なの？　王子よりも阿呆《あほ》なの？

俺はシズカの頭の下にある腕とは反対の手を軽く振った。

そうして、ホールに風を送る。

「わあっ？」

「おほほ、この家は風が良く通るんですの」

少しずつ、面倒くせぇから怪我しないように、屋敷から外へ風を使って聖女たちを追い出す。

「もうお帰りですか？　大したお構いもしませんで～、お気を付けてお帰りくださいませ」

そう言って扉を閉めるマリアは強い。

そもそも自宅を訪ねるのは契約違反。罰せられることはないと思うが……一応王に報告を。

はぁ、爽《さわ》やかで幸せな朝が台なし。

色々と、急がないと。

それでも今は、今だけは、腕の中のシズカを堪能《たんのう》したい。

それにしても、精神的に疲れた。というより、苛《いら》ついた。

シズカの下へ潜《もぐ》り、その薄い胸に顔を埋める。

トクトクと穏やかな心臓の音が気持ちを落ち着かせてくれた。

「んむ……」

むにゃむにゃと寝言を言って抱き締めてくれる可愛いシズカを暫《しばら》く堪能《たんのう》する。

やがて起きたのか、シズカがもぞりと動いた。

「……ん、りお？」

名を呼ばれるのが心地好くて、つい返事をせずにいる。寝ていると思われたのか、優しい手付きで髪を撫《な》でられた。

「ねてる……かわい……」

可愛いのはお前だと言いたいが、今この瞬間が幸せで。

その後も、綺麗、可愛い、サラサラ、ツルツル、ありがと、素敵、好き……と、ぽつりぽつりと髪を撫《な》でながら俺への言葉が止まらない。

「りお……だいすきだよ」

ちゅ、と頭のてっぺんから音が降る。

「俺も」

寝たフリなんてしてられない。シズカが可愛すぎる。

「えぇ……リオ起きてたの？」

「今、起きた。身体は大丈夫か？　痛くない？」

「ん。大丈夫だよ。寝ちゃってごめんね？」

そんなの、何も謝ることはない。

「本当に？　ちょっと立ってみな？」

さっきのお返しとばかりに何度も何度も顔中に口づけをすると、シズカは仄《ほの》かに頬を染めた。昨夜はもっと恥ずかしいことをしただろうに、その初《うぶ》な反応に胸を撃ち抜かれる。

「ん。……わぁッ」

想像通りと言うかなんと言うか……立ち上がろうとして、ぺたりとそのまま床に尻をつけてしまったシズカを抱き上げ、そのままベッドへ戻す。

「な？　今日は無理しないでゆっくりすること」

「……ん」

僅《わず》かに唇を噛むその口へ指を突っ込んで開かせた。血は出ていないな。

「んむ、んん、ひお、ゆひ、にゅいてぇ」

「ふは。可愛い。唇を噛んでどうした？　やっぱ、昨夜、辛《つら》かった？　悪い。かなりがっついた」

「んもー、急にはびっくりするよ……」

「で？　どした？」

多少強引でも、溜め込みやすい子だから気になったことはその都度、解決しておきたい。

「あの、その、昨日は凄《すご》く幸せだったよ。何も辛《つら》いことはなかった」

「ん、俺も」

「今、腰が立たなかったから、リオにごはんも作れないし、お仕事のお見送りもできないなぁって
さみしくなったの……ちょっとだけ。ちょっとだけだから、もう大丈夫」

本当に天井知らずの可愛さに、俺の息子が反応してしまうのでやめてほしい。流石《さすが》に今は無理だ。

シズカに負担がかかりすぎる。

「ちょっとだけなのか？」

「……うん。大丈夫」

「俺はそうなると、すげぇ寂しいけど」

本音をこぼす。シズカがいないとか、寂しすぎて死ぬ。

「うぅ……本当は、ぼくも、すげー寂しい」

「……ぶは！」

「ふふふ！」

シズカが俺の真似をしてすげーなんて言うから、思わず抱き締めて身体を揺らして笑った。

それに釣られたように笑うシズカが、まぁ、可愛いこと。

笑いながら鼻と鼻をくっつけて擦り付けて、時折唇が当たってキスになって。

「ははっ、あー、笑った。今度、糞《くそ》とか言ってみて？」

「もー、笑いすぎ。……くそぅ！」

「ぶっ、うける。似合わねぇ」

「なかなか、むつかしい」

「ぶは！」

ひとしきり遊んで、笑って。そして大切なことを告げる。

「俺、今日から出発まで休み。だから今日は一緒にだらだらしような？」

「……ほんと？」

「本当。足腰立たないの、俺のせいだし、シズカの足のように使って」

「わぁ、嬉しい。足だなんて……一緒にいてくれるだけで嬉しい」

「とりあえず移動は抱き上げる」

「抱っこ……ぎゅ」

むぎゅりと腕の中に入ってくれるのが嬉しくて、優しく抱き上げてそのままテーブルへ。

もちろん、そこでも膝の上。

朝食はマリアに頼んであったため、転移と同時にシズカ好みのシンプルな朝食が目の前に。メッセージカード付きだ。

「わ！　カリカリベーコンのサラダ……！　僕、これ好き」

「『ドレッシングはシズカちゃんに教えてもらったレシピよぉ。沢山食べてね？　マリア』だって」

「おばあちゃんからお手紙？　僕もお返事書いてもいいかな？」

「たぶん、すげぇ喜ぶ。孫と文通するのが夢だったとか言いそう。でも、まずは食べてからな？」

言ってくれそう……と嬉しそうにカードを撫《な》でるシズカの頭を撫《な》でて、俺はベーコンをフォークで刺してその口元へ運んだ。

「腕は動くし、自分で食べられる……よ？」

戸惑《とまど》いながら、こちらへ上目遣い。はぁ。可愛いだけ。

「ん。やりたいんだ。嫌なら、口移しな？」

そう告げると、素直にぱくりとフォークを咥《くわ》える。

俺の手ずから食事をとって、もきゅもきゅと咀嚼《そしゃく》する姿が、ほんの少しメルロを彷彿《ほうふつ》とさせる。

「りお、メルさんにもごはんあげなきゃ……」

「あいつ、朝イチでマリアのところ行ってる」

「メルさん早起き、流石《さすが》だなぁ。……あれ？　リオ、いつから起きてるの？」

「シズカの熱烈な愛の告白を聞く前から？」

「えぇ……、リオの、ばか。恥ずかしい……」

耳まで真っ赤で俯《うつむ》くシズカ。

「好きとか、綺麗とか、嬉しかったけど、嘘なの？」

言われ慣れた言葉も、愛しいシズカのものだからこそ意味が宿る。

「……ほんとう。恥ずかしいけど、全部本当」

「あぁ、もう、大好き」

「僕も」

「ん？」

「僕も、だいすき」

起きてからずっと甘い。

何をするにも甘く、移動は抱き上げて。食事も着替えも全部、俺がやろう。

風呂で足腰を解《ほぐ》すのも良いし、トイレもついていきたい。

シズカは何を嫌がって、何を受け入れてくれるだろうか。願わくば全てをやってあげたかった。


一日だらだらと過ごした。

朝食後に一緒に風呂に入って、風呂から出たら二人でベッドへ寝転んで読書。馬鹿でかい挿し絵入りの図鑑を一枚一枚捲《めく》る。

昼はシズカを抱き上げて厨房へ行き、後ろから抱き付いていてもらい、簡単なものを作った。

結論から言うと、すげぇ楽しかった。

ぐだぐだだらだらと目的なく、なんとなく思い付いたことをするのも、シズカと一緒なら俺はただ幸せだ。

でも、昨日の疲れが身体に残ったままのシズカは辛《つら》いだろう。

「――やっぱ治癒するか？」

治癒魔法はなかなか使い手がいない。そんな数少ない使い手でも、自分にかけるのは更に難しかった。シズカが自身に使えるか確認するために、かけてみるように促《うなが》すが、珍しく拒否される。

「し、しない……！」

「足ぷるぷるじゃないか。もう、俺がやる」

「しないぃ……！」

何度押し問答したか。ここまで頑《かたく》ななシズカも珍しくて、だからこそ強行はしなかった。

「身体しんどいだろ？　楽になるぞ」

「だっこ、いや？」

「それはするけど」

当たり前に、治癒して痛みがなくなっても今日は抱っこ移動だけど。むしろ明日も明後日《あさって》も、未来永劫《えいごう》抱っこでもいいけど。いや、それがいいけど。

「答えるの早い」

「当たり前」

ふふって笑い合って、シズカが俺の掌《てのひら》に頬をくっつけてくる。はぁ、可愛い。

「辛《つら》くないか？」

「ん。あのね、ちょっとだけ痛いし、だるいけど、幸せな痛みだから……それも、嬉しい」

「……ならいい」

はぁ、シズカが可愛すぎて辛《つら》い。腰を擦りながら幸せな痛みとか……

「明日まで痛かったら、ちゃんとしような？」

「……はぁい」

拗《す》ねたように尖《とが》らす唇が可愛くて可愛くて。

「誘ってんのか？」

「うぅぅ」

指でその唇を挟むと、上目遣いで答える。

「はぁ。誘ってんの？」

「……ちゅ」

そして、俺の指へ可愛い口づけ。

「手じゃなくてここにして」

トントンと唇を叩くと、シズカは一生懸命背伸びして俺の首に腕をかけ、引き寄せた。

なのに、あと数センチというところで――

「……りおがして？」

この子は俺をどうしたいんだ。

「んむッ、ふ、ぁあッ」

俺は深い深い口づけを贈る。

「ふぁ、ちから、はいらない」

「だろうなぁ。ふは、眠そうに目ぇ溶けてる。ちょっと昼寝して、シズカの足腰、復活したらメルロの散歩行こ」

「メルさんとお散歩……たのしみ……メルさんも一緒にお昼寝しましょう？」

『ムムッ』

籠《かご》の中の回し車でカラカラと音を立てて走っていたメルロがシズカの手元へ移動した。無意識だろうか、シズカが転移させたのだ。

メルロはメルロで一瞬戸惑《とまど》っていたものの、シズカに甘えて頬を寄せる。

シズカが幸せそうにすぴすぴしているから、許すか。

「……ん、りお、ねよ。……ぎゅ。して」

「はいはい」

ぎゅうとその身体を強く抱き締めて頭を撫《な》でる。きっと俺の口元はだらしなく笑みを浮かべているだろう。このままずっと休みならいいのに。

まぁ、暫《しばら》くは休みだ、シズカの持ち物を揃《そろ》えたい。

けど、街へは……行きたくねぇな。他国だってどこだって安全とは言い切れない。絶対はないだろうが……百パーセント安心できるところ……

エルフの里なら行けるか？　エルフは自分の半身以外興味ないし、結界が張ってあるし、俺の様子はヤサを通して面白おかしく伝わっているだろうから誰も話しかけてこないだろう。

面白おかしくというか、「あのステラリオが半身見つけてぞっこんで、話しかけでもしたら塵《ちり》にする勢いだ」という感じだろうか。

里には一般の者には使いづらいが、魔力さえあれば動く魔道具が多い。エルフの魔道具はごく稀《まれ》に市場に出て高値で取引される代物《しろもの》だ。ただ魔力を溜めるだけの魔力タンクもあったな。

あれを買ってきて、シズカにたまに魔力を流してもらい、それを買い取るのはどうだろうか。家事だと賃金を受け取ってくれねぇし。

魔力を買うか。買ったものはもちろん市場には出さないで、俺のシズカとの思い出をコレクションしている異空間へしまおう。

俺が死ぬまでにどれだけシズカの魔力が溜まるのか。あ、死ぬ時にそれに包まれて死ぬとか……天国行けそ。

起きたら近々里へ転移してみないか聞いてみよう。髪紐もあったら買おう。揃《そろ》いが良い。

未来が楽しみでにやけるが、じっとこちらを見詰めるメルロと視線が合ったので無表情に戻す。

こいつは、もう蹴らないが……じっとりと睨《にら》んでいるのか、真ん丸な瞳を細めている。

「お前、攻撃する術を覚えねぇ？」

『ムーイー』

「何かないの？　一発でスパッと糞《くそ》の頭落とせるようなもの」

『ムームー！』

これだけ知能が上がっていれば、そのうち魔術を使えるようにならないか？　蹴らなくなったし。

「お前のあの蹴りに風魔法くっつけて一振りでスパッといくのが理想」

俺が傍《そば》にいない時……そんな状況は作りたくないが。シズカは性格的に攻撃系は絶対しないだろうし。そんな時にこいつが何かやってくれたら良いんだが。そうして時間を稼いでいる間に、シズカが転移できるだろう。

シズカを少しも怖がらせたくないし、少しも危険な目に遭《あ》わせたくない。

縛って閉じ込めておけたらどんなに楽か。

シズカが可愛すぎて、好きすぎて。

だからこそ縛り付けようとは踏み切れず。

「はぁ。可愛い寝顔」

どうか、可愛い可愛いこの子の笑顔が少しも曇《くも》ることがありませんように。

寝ているシズカの頭へ腹をつけているメルロに薄い布をかけて、俺も少し眠ろうと、微睡《まどろ》みに溶けていった。

○　○　○

もにもにと動くシズカの額《ひたい》に口づけをすると、パチリとその目が開いた。

「んー、寝てたぁ……」

ぽやっと赤い頬ですり寄るその姿が可愛い。

「おはよ。身体どうだ？」

「んん。だいじょうぶ。ありがとう」

抱き締めてその身体をくるりと回し、腹の上にシズカを乗せる。

「腰、痛くない？　尻は？」

「……だいじょうぶ」

「何、恥ずかしがってんだ？」

「……なんでもない」

おしりって言わないで、と恥ずかしげに俺の胸に顔を寄せるシズカに欲情しないわけがない。

「なら良かった。これでまた、いつでもできるな？　今夜にでも」

からかうつもりでそう言う。また可愛い「ばか」が聞けると思ったから。

なのに――

「……ん。また、しようね？」

「……鼻血出そ」

「ええ、大丈夫？」

「シズカが無自覚に煽《あお》ってくるから」

「えぇ」

「またしてくれるの？」

そう聞くと、真っ赤になってコクリと頷《うなず》くシズカ。もう、この子は小悪魔すぎる。

「すごく、気持ち良かったし幸せだった……リオにもっといっぱい触れていたいし、もっといっぱい気持ち良くなってほしい」

ぐりぐりぐりぐりと頭を胸へ押し付けてくるのは、照れ隠しだろう。今まで見たことのない可愛い生物の取り扱いは難しい。可愛いしか出てこねぇ。

「ちょっと落ち着くから、動かないでぎゅってしてて」

「ぎゅ」

はぁ、可愛い。

何もわからず言われたまま動かないシズカを腕の中に閉じ込めて旋毛《つむじ》に口づけを贈りながら、自分の気持ちが落ち着くのを待った。

「なぁ、髪切りたくねぇ？」

「え……、んと、短く？」

「いや、短くというより、毛先揃《そろ》えないか？　伸びてきたし、縛る時に長さが不揃《ふぞろ》いだとやりにくいと思う」

「……確かに、最近お料理する時に邪魔な時、ある……」

「切っても可愛いし、切らなくても可愛い」

むぅ、と悩んでいる顔のシズカは不安そうにこちらを見上げる。

「最近はリオとおじいちゃんおばあちゃんとメルさんにしか会わないいし、前髪も留めてるから……

「切ろうかな……」

　切ると言いながらも浮かない顔のシズカ。嫌なら切らなくてもいい。気になるだけで、不安になるなら切らなくても可愛いし、どちらでも良いんだ。

「何が不安？　本当に切りたい？」

「……本当は、ちゃんと短くしたい。不恰好なのはわかるから。でも、知らない人が髪に触れられる距離にいるのは、怖い……かも」

　知らない人？　あぁ、そうか。店にでも行くと思っているのか。そんなわけない。

「大丈夫。俺がやる」

「え、リオ、できるの？」

「ん？　できるできる。短くはしないでとりあえず毛先、揃《そろ》えてみるか」

「うん。よろしくお願いします」

　ぺこりと頭を下げてお願いする礼儀正しいシズカに笑みがこぼれる。

「んじゃ、ここ座ってください、お客様」

「ふふっ。はぁい」

　座らせて、とりあえず首元にシーツでも巻いてしまおう。

　すっぽりとシーツにくるまったこの子は天使そのものだ。

　櫛《くし》で丁寧に梳《と》かすと、ガタガタな毛先が一層目立つ。

「これ、文房具用のハサミで切ったのか？」

「うーん。そうかも？」

「なんで疑問形なんだよ」

軽い口調で言ったのに、シーツを巻いた時から変わらない微笑《ほほえ》みを浮かべているシズカの表情が僅《わず》かに曇《くも》った。

「……誰？　糞女《くそおんな》？」

「……糞女《くそおんな》って言っちゃ駄目だよ。マイカだよ？」

「シズカのことはなんでも知りたい」

「……ちょっとだけ切ってもらったの」

「そうか。……へったくそだなー、俺は上手いから、安心して」

この腹の底から湧き上がる苛立《いらだ》ちは、人を殺《あや》めでもしなければ収まらないのではないか。

「……ん。ありがとう」

シャキシャキとよく研《と》がれたハサミを毛先に当てる。ごっそり髪のないところも、真横に切られたところも、目立たないようにしてやりたい。

結局、思ったよりも短くなった。髪紐で縛るのはまだ少し先になりそうだ。

「前髪はどうする？」

「リオから貰《もら》った髪留め使いたいな」

「ん。じゃあ毛先を揃《そろ》えるだけで短くしないようにする」

真っ白なシーツに漆黒《しっこく》のサラサラな髪。

「これ、切った髪、貰《もら》って良い？」

「うん、もちろん。……でも、何に使うの？」

「何か記念にしても良いし、持ち歩いてもご利益ありそうだ」

「あるわけないでしょう？」

クスクスと笑うシズカを鏡越しで見る。髪を切っても可愛いし、切らなくても可愛い。それは変わらないが、髪を切ってシズカは一歩前進した気がする。

膝の上に乗ったメルロが短い前足で顔にかかる髪をくしくしと払った。シズカはそれを一本ずつ取ってやって、こしょこしょと喉元を掻《か》く。……俺もされたい。

メルロはこちらを見て、シズカの指にわざわざ甘えた。

ムームー言っているが、口塞《ふさ》ぎてぇ。あー、シズカの口も塞《ふさ》ぎてぇ。

鏡越しのシズカも可愛くて、つい邪《よこしま》なことを考えてしまう。

「これ終わったら散歩行くか」

「うんっ。楽しみ」

「もし、行けそうならエルフの里の店とか見てみる？　変な奴はいないと断言できる。特殊な結界も張ってあるし、ずっと俺が抱いてるし」

「……ずっと、抱っこ？」

「そこは譲れない」

あと口元まで隠れるローブ着せて、フード被せる。そう言うと、シズカは目をぱちくりさせた。

「シズカの賃金、貯まってるし、これからは魔力を買い取らせてほしい。自分で働いた金で買い物してみないか？　クッキーの型とか、何か揃《そろ》いのものも欲しいし」

「……お買い物……してみたいな。一緒にいてくれる？　一人はまだ怖くて、ごめんなさい」

「いや、嫌がってもずっと隣にいるけど。話しかけてくるのもいないだろうし、抱っこだし」

人前で抱っこは恥ずかしいと、はにかむシズカを後ろから抱き締めた。

「リオ、髪ついちゃうよ？」

「いい」

「ぎゅうなの？」

「ん。抱き締める時間」

「ふふっ。そんなのあるの？」

ある。毎日ある。抱き締める時間も、口づけの時間も。決めなくても常にしていたい。

鏡を見て、左右を確認、後ろも見たいのか、頑張って身体を捻《ひね》っているシズカの姿勢を正して、合わせ鏡にして後ろ髪を見せた。

「すごい……！　ちゃんとしたショートカットだ……！」

思いの外《ほか》、短くなってしまったが、喜んでくれているから良しとする。

「可愛い」

「……ありがとう」

長めにした前髪は、編み込んで耳の横で留める。

「リオ……すごい。僕、編み込みできないのに」

別に凄《すご》くなんてないのに、純粋に褒めてくれるのが嬉しい。

「次、リオがここに座って？」

鏡の前にえっちらおっちら椅子を運んできたシズカが席をすすめてくれる。断るわけもなく、俺は言われた通りに座った。

「髪、触っても良い？」

「もちろん」

そんなの聞かなくても良い。

ブラシで俺の長い髪を丁寧に梳《と》かす、その手付きは優しい。

「ツルツルでサラサラ～」

「シズカが手入れしてくれたからな」

そう応えると、照れ笑いする。

あぁ、もう、とりあえず今日はベッドへ連れ込みたいのだが。

「三つ編みはできるの。やってもいい？」

「ぜひやってくれ」

小さな声で、「編み……編み……」と言いながら、シズカが俺の髪を少しずつ後ろで一つに編んでいく。自分でやると真後ろは難しいから、助かる。

シズカは最後にぎゅっと髪紐で縛って、出来上がりをチェックした。

「ん！　できた……！」

「ありがと」

俺の肩に手を置いて、鏡越しに微笑《ほほえ》んだ顔が可愛すぎて……いや、いつでも可愛いけど。

俺はその手を取って軽く引き寄せ、唇を奪った。

「つふぁ、ンンッ」

始めから舌を捩《ね》じ込《こ》み、逃げるシズカの舌を吸う。苦しそうに呼吸をするので離れると、透明な糸が二人の唇を繋いだ。

「シズカ、鏡見て？　厭《いや》らしい顔」

火照《ほて》った頬と潤《うる》んだ瞳。

可愛い。はぁ、まだ腰と尻だるいよな……

あぁ、可愛い……本当に、可愛い。

「ツうわあっ」

素早くシズカを抱き上げて、もう一度椅子へ。シズカは膝の上に乗り、目の前の鏡越しに視線が交わる。

「急にはびっくりしちゃう」

「可愛すぎて、つい」

そう伝え、真後ろにいる俺の顔を直接見ようとするシズカの両頬を片手で掴んで、もう一度口づけた。

「ふあッ、ん、りお、んんーッ」

向き合って抱き合ってするのも良いが、こうやって後ろからすっぽりと腕の中に囲ってするのもまた……滾《たぎ》る。

「んあっ」

「鏡、見てて？」

首の後ろをあぐあぐと甘噛みする度に、ぴくりと反応する身体。噛んだところを舐《な》めて、可愛い耳朶《みみたぶ》を唇で挟むとシズカは身体を捩《よじ》る。

「ねぇ、見てくれないの？」

そう強請《ねだ》ると、シズカはぎゅっと目を閉じて顔をぷるぷると振った。

「ねぇ、駄目？」

耳の中に舌を捩《ね》じ込《こ》むのに合わせて、ぴちゃりと音が響く。直接聞いているシズカには強い刺激になったのだろう、弛《ゆる》いズボンが微《かす》かに膨《ふく》らんでいる。

耳から頬や首を舌で刺激しながら、昼寝用に着せていた薄いシャツ越しに可愛い乳首を撫《な》でた。

「ひゃあッ、ふあっ」

もうしっかりと硬くなっているその粒へ、鏡の下の引き出しからこっそり出した香油を垂らす。

そして、指で摘まんでくりくりと刺激した。

相変わらずシズカはぎゅっと目を瞑《つむ》っているのが、可愛い。

「アッ、やあっ」

「んー、やなの？」

そっとボタンを外してはだけさせる。真っ赤に染まった二つの実は、シャツを通った香油でテラテラと光っていて……うまそうだ。

直接、ちょんと触れると、ひくりと動く。

両手で、二つ同時に摘まんで引っ張って、弾いて。敢《あ》えて先には触れずに乳輪をぐりぐりと擦ると、もじもじと動く足。

薄い生地だから、先が濡れて滲《にじ》んでいるのには気付いているに違いない。

服の上から爪の先をシズカの性器の先に当て、軽く引《ひ》っ掻《か》く。途端に上がる喘《あえ》ぎ声《ごえ》。

「ヒッ、やぁぁっ！」

「ほら、目ぇ開けて見てみて？　それができたら、シズカのここ、外に出して、直接香油かけて更にぐちゅぐちゅにして擦ろうな？」

カリ……カリ……と刺激する。

「やぁ、ん、ぁッ！」

さりげなくシャツをシズカの腕から抜く。上半身は裸。こちらへ背中をだらりと預けてはふはふと呼吸しているシズカの足を、座っている椅子へかけ――

「鼻血出そ」

かなりエロい。

すっかり勃《た》ち上《あ》がりきっているそこと玉をズボンの上から揉《も》み、括《くび》れをなぞる。

「あッ、んんッ」

頑《かたく》ななシズカに少しだけ意地悪。

「……シズカ、目合わないと、不安」

そう言うと、そろりそろりと可愛い瞳が見えた。

真っ赤に染まった顔で口を開き、言葉にならないのか鏡越しに合った視線を外さずに閉じる。

無理もない。シャツを脱がされ、真っ白な肌に浮き上がる赤い乳首はぷっくりとして美味《おい》しそうなのに加え、香油で濡れているし、唇も耳も濡れて光る。大きく開かされた足の間ではズボンを押し上げた性器がその生地を濡らして存在を主張していた。

「あ……、やだあ……」

「ん、でも、ここは更にびくびくってしてる」

ちゃんと言われた通りに視線を合わせて見詰めるシズカから目を離さずに、ズボンをそっと脱がせて性器を優しく掴んだ。

「あ、りお、りお」

俺をしっかりと見て名前を呼ぶのは、反則だ。

軽く上下に擦っただけで、ぷくりと先走りが洩《も》れ出《で》る。それを掬《すく》って、先の穴へ指の腹でクリクリと擦り付けた。

「ひ、あっ、あぁぁぁぁッ！」

パタパタと白濁が飛び散る。

ハッハッと肩で息をするシズカの白濁は鏡まで飛んで、それが鏡越しにシズカを汚しているようで……なんというか、とてもそそられる。

こちらへ背中を預けて力を抜いているシズカの頭を撫《な》でて、足が痛まぬように下ろす。すぐに身体の向きを変えさせて正面から抱き締めた。

「……りおのばか」

「ん？　シズカ、可愛かった。意地悪してごめんな？」

「いじわる……」

「沢山出たなぁ」

「……いっぱい、でた……もー、ばかばか」

頬にキスしてぎゅうと抱き締めると、シズカが居心地悪そうにもぞりと動く。

「あー、抜いてくる」

あんなに可愛くて厭《いや》らしいシズカを見て、勃《た》たないわけがないのだ。

だが、シズカに負担はかけられない。治癒しないって頑《かたく》なになっていて、可愛いし。

「……ぼく……やる」

「いや、抜いてくる」

「……だめ？」

「駄目ではない」

駄目じゃない。駄目じゃないのだが……我慢できるだろうか。

色んなところが濡れていてすげぇうまそうな身体に俺のシャツを羽織り、シズカはしっかりとボタンを留める。まぁ、俺のだからボタン留めても首元、ガバガバで可愛い乳首が丸見えだけど。ん？　何故《なぜ》、乳首が丸見え？　床に膝立ちしているからだ。

「は？　え？」

椅子に座る俺の足の間に身体を入れ、俺の性器に手をかけて無邪気に微笑《ほほえ》む小悪魔。

「わぁ。リオのおちんちん、すごくかたい……ふふっ、僕が触ったら、ぴくってなったよ。大きくて、両手じゃないと上手くできない……すごくえっちな音がする……」

すげぇ先走りが出る。シズカが両手でしているという現実についていけない。

ってか、すぐ出そう。

男の沽券《こけん》に関わるので耐えているが、まさに視界の暴力。

「りお、ちゃんと気持ちいい？」

「あぁ。すげぇ気持ち良い。ありがとな？　もう、大丈夫だ」

その言葉に、「もう？　なんで？」と表情で語るシズカ。

「もう、出そうだから、離して。後は自分でやれる」

そう言うと、むぅと唇を尖《とが》らせる。はい、可愛い。可愛いでしかない。それに俺の性器を掴んでいるのが視界に入るから……もう、無理だ。

頭を撫《な》でて、離脱を促《うなが》す。なのにシズカは動かない。

その可愛くて、小さな口から赤い舌が出る。

駄目だと止める間もなく、ぺろりと先から垂れたものをひと舐《な》め。そして、目をぱちくりとさせて二、三度瞬《まばた》きした。

「不味《まず》いだろ？　ぺってしな」

それにまたムッとした顔をする。思わず俺の顔に笑みが出る。何、この可愛い子。

小さな口を大きく開いて俺のに近づくのが、スローモーションに見えた。

「ひお、ひもひいい？」

「気持ち良すぎて、無理」

本当に無理、喋《しゃべ》らないで。

あと、何度でも言うが視界の暴力。

思わず腕を目元に当てて上を向く。ジュプジュプという音と一緒に、切ったばかりのサラサラな髪が俺のに当たった。

「んぐっ、んんッ」

「ハァ、あんま奥まで入れるな。えずくぞ」

「ふあ、りおの、おっきくて全部はいらない……」

シズカは口を離してはふはふと呼吸した。唇回りが俺のとシズカの唾液でべとべとになっている。

「ツ、シズカ」

それを親指で拭《ぬぐ》ってやると、指に舌を這《は》わせてきた。

「だめ？」

「駄目ではない」

ぺろりと舐《な》めとって、また笑顔。先程まで妖艶《ようえん》な表情だったのに、今は無邪気で……まぁ、どちらも好きに変わりないが。

「まったく、どこでこんな技、仕込んできたんだ？」

「りお」

「俺？」

「……僕、リオしか知らないもの」

可愛すぎて、死ぬ。

「もっかい、する」

「本当に出ちゃうからもうやめといて」

「……僕も、出してほしいんだもん……だめ？」

だから、駄目なわけがない。

死にそうだけど。

「顎《あご》が辛《つら》くなったらやめろな？」

「ん」

もう一度、天国へ招待された。

「ンッ、ふっ、ンンッ」

本当に、やばい。

「シズカ、離して。本当に出るから」

「ンー……！」

咥《くわ》えたまま首を横に振る、その振動で一気に射精感が高まる。

「……ッッ！」

「ふあッ」

思わず引き抜いた俺と、射精するまで咥《くわ》えていたかったらしいシズカ。

その口の中も、顔も精液まみれだ。

「……んく」

シズカは開いていた口を閉じて、あろうことかそれを飲み込んだ。

「飲んだ？　ぺってしろ」

また、目をパチパチとさせ、あーんとその空っぽの口を見せてくる。

「本当に、無理。可愛くて、無理」

「ふふっ、何それ」

口淫《こういん》して、口の中に出したの飲んで、顔は白濁で汚れている。そのうえ無邪気な笑顔。

シズカといると心臓がいくつあっても足りない。

おもむろに顔の白濁を指で拭《ぬぐ》い、そのまま舌を出すシズカの腕を急いで掴んだ。

「駄目。これは駄目。腹壊すぞ」

「……リオも僕の、飲んでたよ？」

「それはそれ。これはこれ」

「……いじわる」

「ちゅーできないだろ？」

「……ちゅう、して？」

流れるように浄化して、唇を合わせるだけの口づけをする。

「好き。大好き。ありがとな」

「……ぼくも、だいすき」

「また、させてね？」

その一言でまた俺の愚息が元気になったのは、シズカには秘密だ。

○○○

日常は穏やかに過ぎていく。

留守中、屋敷を任せるヤサにシズカを紹介した。

ヤサは長老なだけあって、緊張してぷるぷると小鹿《こじか》のように震えるシズカの懐《ふところ》に入るのが上手くて苛《いら》つく。

けれど、俺とシズカの頭を同時に撫《な》でるその掌《てのひら》は皺《しわ》くちゃで。俺は不覚にも幼い頃を思い出した。

昔から魔力過多で長老たちに預けられ、まぁ、里全体で育てられていたのだ。ふてぶてしくて可愛げのない俺の頭をヤサはいつも撫《な》でてくれた。払《はら》い除《の》けても払《はら》い除《の》けても当時から皺《しわ》くちゃな掌《てのひら》で。

「ぶはは！　ステラリオもシズカも可愛いのお！　俺はヤサと言う。ステラリオの半身なら、シズカも家族同然。よろしくなぁ」

ヤサは俺より長身なので、シズカは首を上げてぽかんとしている。その、可愛い開けっぱなしの口を塞《ふさ》ぎたい。

「シズカ。首、痛めるぞ？」

声をかけるとハッとして、シズカは姿勢を正し、きちんと礼を取った。

「初めまして、シズカです。この肩にいるのはメルロのメルさんです。留守中よろしくお願いします」

『ムイッ』

うむ、と目尻を下げて笑うヤサと、辿々《たどたど》しいがマリアたちにした時より堂々と挨拶《あいさつ》できたシズカ。

ちなみにシズカは未だに頭をぐちゃぐちゃにされている。

「もう触るな」

「狭小な男よのう」

「うぜぇ」

「さて、お前たちに土産がある」

そう言って、ヤサはドアノブのレバーを左へ回す。

右に回せば、いつもの神殿近くの屋敷。左へ回せば、領地の森の中。そんな仕組みを作り上げたドワーフたちには相場に上乗せした賃金を支払った。

領地へ移した屋敷の前の森には、二匹の子羊。

「生まれたから、連れてきた。こんなに可愛い子羊を置いてはおけん」

「これが土産？　お前が世話したいだけだろ」

「ここにいるのも暇だろ。羊たちと楽しむことにした。シズカもこんな狭小な男と行かんでここにいれば良い」

「ふざけんな。夜はなるべくこっちで寝る。あいつらと野宿とか無理。あと、御者が欲しい。こっちの事情を把握してる奴」

ヤサと俺が言い争いながらも話を詰めている間、シズカは俺の腰あたりの服を指先で摘まみ、羊を見詰めて何か呟《つぶや》く。

「……もこもこ。もこもこさん……」

「どした？」

「りお、もこもこ。頭も……もこもこしてるね……かわいい」

いや、お前のほうが可愛い。羊なんてただの毛玉だろ？

「おぉ、シズカは羊の可愛さがわかるのか。触ったことはあるか？」

「ないです。僕のとこの羊さんはこんなにもこもこはしていなくて……もっと小さいです」

「こいつらはまだ子羊だからな、あと一年もすれば倍の大きさになるぞ」

「……凄《すご》い、です」

触ってみるか、とシズカの手を取るヤサの瞳は優しく温かい。

「……リオ！」

「ん？」

「もこもこしてるっ！　凄《すご》い！　……わわっ、メルさんっ」

『ムイッ！　ムー！』

羊の頭のてっぺんの毛の塊《かたまり》にメルロが突っ込んでいった。興奮している様子だ。

「メルさん、もこもこさんが困りますよっ、出てきてください……」

「ぶは！　メルロも気持ち良さそうだし、羊も気にしていないから大丈夫だ。良き友人になれるだろうさ」

「……お友だち。メルさん、もこもこさんたち、僕とも仲良くしてくださいね？」

「ぶっ！」

真剣な顔して敬語で羊とメルロに話しかけるシズカを見て、ヤサが噴き出す。

笑うな見るな。こういうとこが可愛いんだ。

「シズカは可愛いなあ。どれ、じいとも友人になってくれ」

人がシズカを可愛いと言うのは苛《いら》つくな。俺は良いけど、俺以外が可愛いと言うのは苛《いら》つく。

「ヤサさんがお友だちですか？　僕なんかと？」

「うむ。俺は人のフリしてあの国に居座るほど人のことが気になるんだ。色々と教えてくれ。だが、ただ人だからという理由ではない。シズカだから、友人となりたいんだ」

「……えと、僕で良ければ、ぜひ。あの、メルさんの生態とかわかることがあったら、僕も教えてほしいです。羊さんの好きなものとかも」

余程嬉しいのか。俺を見上げて照れ笑いするのが愛《いと》おしい。

「では、友となった記念の抱擁《ほうよう》だ」

そう言って両手を広げるヤサには殺意しか湧かない。

シズカは一瞬考えて、俺を見上げる。すぐヤサのもとに行くと思ったのに、俺のことを考えてくれるのが嬉しくて、思わずにやけた。

「ふむ。人でも、やはり半身だと本能で理解しておるのかの」

「半身……そうかもしれないです。嫌じゃないけど、リオの傍《そば》からは離れたくなくて……ごめんなさい」

「シズカが謝ることじゃない。ヤサは自分から友人だと言ったんだ。マリアたちは祖父母だと思っているから大丈夫なんだろう。ヤサはどうでも良い。気にするな」

「そうさな。気にするな。半身を得たエルフや獣人たちも同じようなものだ。年を取れば少しは落ち着くだろう」

この感情が落ち着くものだとは思わないが……長年生きてきたヤサだからこそ、わかることもあるのだろう。

「ヤサさん、お友だちになってくれてありがとうございます。お友だちは初めてです」

は？　初めてとか聞いていない。シズカとは友としてではなく、半身として愛し合っている。それ自体も初めてだろうが、初めての友にもなりたかった。

ジトリとヤサを見詰めていたからか……

「狭小な男よのぅ」

ヤサに再び笑われてしまう。

「うぜぇ。シズカの初めて貰《もら》って調子に乗るな」

「……ヤサさんといると、リオが子どもみたくてかわいい」

はぁ。ヤサといると調子がくるう。

だが、シズカが喜んでいるから、こういうのも悪くない。うぜぇけど。

あと数日で出立となる。

羊とメルロと戯《たわむ》れているシズカを俺は後ろから抱き締めた。それを温かく見守るヤサがいて……

はぁ、早くこういう生活がしたいと切に願った。

○　○　○

ローブのフードは大きめに作り直した。それを被れば顔が見えない。

馬車は中を拡張したのでゆったりと過ごせるし、マリアとニコラスは護衛としてシズカと一緒にいてもらうことにした。空調も完備してある。

馬車自体にも結界を張り、俺はシズカに精神操作無効の魔法をかけてもらう。

御者はヤサの親族二人。この二人は半身同士で、研究者なので採集も目的としていてる。何かあっても自分たちでどうにかするから気にするなと言われていた。彼らもヤサのように端《はた》から見れば人にしか見えない。

準備は万端。いつでも行ける。だが――

「あぁ、行きたくねぇ」

面倒くせぇ。うぜぇ。行きたくねぇ。

「そんなんじゃ、シズカに愛想尽かされるぞ」

「……シズカがいたら言わねぇ」

「ぶはは！」

愚痴を口にし続けていると、またしてもヤサに笑われた。

シズカがいたら言わない。今は張り切って荷物を運び込んでいるのだ。愚痴ばっか言っていると思われたくないし、できれば余裕のあるところを見せたい。

「はぁ。余裕ねぇな」

「澄ましているステラリオよりも好感がもてるさ」

「……留守を頼む」

「気を付けて行ってこい」

嫌だ嫌だと言っていてもやらなきゃいけない。

元はと言えば自分でこの国に来ると決めたのだ。腹を括《くく》るしかない。……嫌だけど。

「リオー！」

「どした？」

走り寄ってくるシズカはにっこり笑顔。すごく癒《いや》されるな……

「あのね、荷物運んだよ。あとね、馬さんが可愛い」

「おー、速いな。ありがと」

「それと、御者さんにおばあちゃんたちとご挨拶《あいさつ》したら、ぺこりってされた。お話、苦手かな？

僕、失礼なことしちゃった？」

「いや、あいつらはそれが普通。互いのことと研究にしか興味ないから気にすんな。俺にもヤサたちにも言葉を発しない」

俺の答えにシズカはホッと息を吐《つ》く。他人のことなど気にしなくても良いのに。それがシズカの良いところだが。

「そろそろ馬車に乗っておくか」

「はい！」

外から見れば普通の馬車。シズカを中に乗せて、最終確認をする。

出立の挨拶《あいさつ》は先に済ませた。そろそろ出るかというところに、一台の馬車が護衛を引き連れて近づいてくる。

うぜぇ。本当に、うぜぇ。

バンッと乱暴な音がして、糞女《くそおんな》が笑顔で走り寄る。

こいつ最初は清楚《せいそ》なフリして畏《かしこ》まっていたのに、最近じゃ王子や民の前でも天真爛漫《てんしんらんまん》に振る舞っているらしい。

普通に怖い。不安定すぎないか？　そんでうざい。

「エルフさん！　おはようございます。今日からよろしくお願いします！」

「聖女様、皆さんも。よろしくお願いしますね」

ふわりと微笑《ほほえ》んで、自分の馬車へ戻るように促《うなが》す。なのに聖女はニコニコと機嫌良く話し始める。

「あの！　こっちの馬車は私たち四人と侍女が乗っていてぎゅうぎゅうで……皆が可哀想なので、私もエルフさんの馬車へ乗ります……！」

「マイカ！」

「皆が寛《くつろ》げないのは可哀想で……」

いや、馬鹿なの？　なんで、王子は黙るの？　頭おかしいの？　それで良いの？　ってか、糞《くそ》女《おんな》はなんなの。一億歩譲って、乗っても良いですか？　だろう。乗りますって……糞《くそ》だろ。

「エルフさん！　エルフさんは優しいですもの。良いですよね？」

あー、ぶっ殺したい。

「申し訳ありません。こちらの馬車も常に四人から六人が乗りますので」

「……え？　なんでそんなに？　そんなはず……ない」

「？　……護衛と侍女と御者二名は交代で。それと、大切な半身が乗っております」

そんなはずないと呟《つぶや》いた、その一言が引っかかる。

「半身？　これから危ないところに行くのに？　わざわざついてくるなんて……その半身はエルフさんに迷惑かけていることに気付いてないの？　優しいエルフさんが言いにくいなら、私が言ってあげますよ！」

「いいえ。私からどうしても離れたくないからと頼んだのです。それに、私の半身はとても優秀なので……自分の身は守れます。なので、そちらの護衛もいりませんので」

怒りが頭を支配する。この糞女《くそおんな》がシズカのことに触れるだけでぶん殴りたくなる。

「え？　それは……」

大方、自分の息のかかった護衛でもこちらへ送り込もうとしていたのだろう。気持ちわりぃ。

「せっかくなので聖女様も、王子方も、護衛の皆様も聞いてください。この馬車にはエルフである私の半身が乗っています。よって、馬車には触れないようにお願いいたします」

王にも一筆書いてもらっている。馬車を開けようとした者、危害を加えようとした者への安全の保証はないということを。

「……どうなるのですか？」

「罪を犯した者へつけられる焼き印が自動でつけられます。それと、かなり強い痛みを感じるかと」

「……酷《ひど》い」

「ええ。そうですね。でも、触れなければ何も起きませんので」

だから大人しくしてろ、糞女《くそおんな》。何が酷《ひど》いだ。

一礼して、馬車へ乗り込もうと扉を開けた瞬間、糞女《くそおんな》と王子がそっと身を乗り出して入り口を覗く。糞《くそ》が。

認識阻害の垂れ布を仕込んでおいて正解だった。マリアと妖精たちが紡《つむ》いだこの特殊な布越しでは、人影が僅《わず》かに映るだけだろう。

釘を指しても覗き込もうとするその精神がうぜぇ。

早くも帰りたくなるが、まだ出発すらしていないことが怨《うら》めしい。

シズカは久しぶりに糞女《くそおんな》の声を聞いただろうか。不安になっていないか。それだけが心配だ。

中へ入ると、言い付け通りフードを目深《まぶか》く被った可愛い子。俺が乗り込んだことに気付かず必死にメルロを押さえている。

「メルさん、メルさんっ！　シャーってしないですよ？　もう、メッです。シャーしません……！」

シャーなんて可愛いもんじゃない。メルロは口元をピクピクとさせ、ない牙を出すようにして、威嚇《いかく》。背中の毛も尻尾の毛も逆立《さかだ》てて、扉へ向かって『゛ムー』と低い声を出している。

「大丈夫か？」

「りお。メルさんがシャーって。メッてしても、聞いてくれない……」

「好きにさせといて良いんじゃないか？」

メルロのやることだし、もし間違えて飛び出していって糞共《くそども》が怪我してもしょうがないだろう。動物のやることだ。

良くやったと、頭を撫《な》でると、メルロは嫌そうにシズカの肩へ戻り、数回その頬へ自分の頭をぐりぐりと押し付け、籠《かご》へ入った。

邪魔物がいなくなったので、シズカの隣へ座る。その手が微《かす》かに震えていることに気付く。

そっと自分の掌《てのひら》を重ねると、びくりと肩が跳ねた。

「……きっとメルさんは、僕がびくびくしてたから頑張ってくれたんだと思う。……こんなにちっちゃい子に守ってもらうなんて、情けない……あんなに威嚇《いかく》して……怖かったよね」

「そんなことない。糞《くそ》が糞《くそ》なだけ」

あと、あいつは喧嘩っぱやい性格なだけで、怖がってはない。糞《くそ》を敵だと見なして、嬉々として突っ込むタイプ。

それでも俯《うつむ》くシズカは溜め息を一つ吐《つ》く。

「俺は何かあったら、シズカに守ってもらう気満々なんだけど、シズカは嫌？」

「え？　嫌じゃないよ……！　頑張る……！」

「ん。じゃあ、俺より小さくて可愛いシズカに守られる俺は、情けない？」

情けないって言われたら死ぬけど。

「そんなわけないじゃない。リオはいつも僕を守ってくれる、カッコいいヒーローだもの」

「そう言ってもらえて嬉しい。きっと、メルロも同じような気持ちなんじゃないか？　だから、情けないなんて言わないで守られてれば良い。お互いに足りないところを補っていけば良いんだ。俺もメルロもシズカも、もちろんマリアたちも、お互いに助け合えば良い」

「そっか。うん。そうだよね……僕も皆を守れるように頑張る。それで、無理なところは守ってもらう……ね？」

「ん。それで良い」

まぁ、シズカに関しては全部俺が守りたいが。

予防線はいくつあっても良い。

やっと笑顔を取り戻したシズカの鼻先へ口づけをして膝の上へ抱き上げる。その首筋に顔を埋めた。

「今日、早起きだったから、ちょっと寝かせて」

「それは良いけど……抱っこしてたら休めないよ？　ベッドで横になったら？」

「無理。ここじゃなきゃ癒《いや》されない。シズカがベッド行くなら、行く」

「あらまぁ、シズカちゃん。ステラリオ様はただシズカちゃんにくっついて甘えたいだけだわぁ。あまり睡眠をとらなくても良い種族だもの」

「……余計なこと言うな」

マリアにばらされて居心地が悪くなる。シズカは呆れないだろうか。

「わぁ、リオかわいい。抱っこだと重いから、膝枕にする？」

その優しい言葉に、一度シズカを降ろして、その薄い腹に顔を押し付け腰に腕を回してしっかりと抱き付き、瞼《まぶた》を閉じた。

髪に触れる指先が気持ち良い。眠くなどなかったのに、自然にうとうととしてしまう。

シズカが僅《わず》かに身動《みじろ》ぎ、重くなったかと頭を上げようとしたところに、ふわりと肌触りの良い毛布がかけられた。

「……大好き」

「ふふっ、僕もだよ」

もう少しだけ。魔法で軽減した馬車の緩やかな振動に合わせて、俺は幸せを噛み締めることにした。

「――エルフさーん。お昼ごはんですよー！　皆で一緒に食べましょう～！」

誰が食うか。こちらの音は洩《も》れないようにしているが、外の様子はきちんと知りたいので一方的に聞こえるようになっている。

糞女《くそおんな》は本当に頭が悪い。干渉《かんしょう》するなってことがわからないのか？　あぁ、わからないから、馬鹿なのか。

「うるせぇ」

御者席にも結界を張っているから安全だし、御者二人に森へ行くと手紙を飛ばし、ついでに使えない王子にも食事は馬車内でとるから干渉《かんしょう》するなと優しく書いて飛ばし、皆で屋敷へ戻った。

「いや、早いな！」

「糞共《くそども》がうるさくて無理。あっちにいられない」

「……ごめんなさい」

「シズカが謝ることではない。それだけは本当に、違う」

ヤサには早い帰りだと笑われて、シズカは関係ないのに気にしていて。

「何かうまいもの、食お」

むぎゅりと抱き付くと、シズカは抱き締め返してくれた。そのまま愛しい身体を抱き上げる。

『ムイムイッ！』

「わぁ！　メルさん、また、もこもこさんのところですか？　あんまり迷惑かけたらだめですよ？　……もこもこさん、メルさんがお邪魔してすみません」

ズボリと羊の頭の毛の中に埋もれるメルロと、代わりにお邪魔しますと声をかけるシズカ。可愛くて、癒《いや》される。

「外に釜作ったから、パンでも焼くか。シズカ、手伝ってくれ。ステラリオも」

そう言ってシズカを連れていくヤサの後を追った。

焼きたてのパンをはふはふと頬張るシズカの姿はメルロに似ている。シズカのが百倍可愛いけど。

「……おいしいっ」

「本当に。お外で食べると美味《おい》しいわぁ。このパンも可愛くて……シズカちゃん上手ねぇ」

「好きに丸めて良いってヤサさんが言ってくれたので、メルパンとモコパンにしてみました」

メルロと羊の顔型のパン。

自他共に認める羊好きなヤサは感動して震えている。それは、わかる。俺もしまっておきたい。

「リオにはこれ……良かったら食べて？」

そっと渡されたのは……俺？

「あらまぁ、ステラリオ様にそっくりだわぁ」

「リオはシュッとしていて綺麗だけど、パンにしたらぷくぷくで可愛くなったよ」

「名付けて、リオパン！」と、にこにことしているシズカの頬へ口づけを。

このパンはしまっておこう。

頬に手を当てキョロキョロと周りを気にするシズカを横目に、俺は異空間へパンをそっと放る。

「シズカありがとう。嬉しい」

「ふふ。また、作るね？」

「俺にもまた羊パンを作ってくれ。なんなら馬車になど戻らんでここに住めば良い」

「ふふっ。ヤサさんにも、またもこもこさんのパンを焼きますね。一緒に作りたいです……！」

こねこねするのが大変だけど、楽しかったと笑顔のシズカ。

そんなふうに昼食をとって暫《しばら》く休むと馬車へ戻る時間になる。

「……はぁ。行くか」

「はい。メルさんメルさん、どうしますか？　ここにいますか？　また、すぐに戻りますから、ヤサさんともこもこさんと一緒にここでお留守番でも大丈夫ですよ？」

ズポリと羊の頭の毛から顔を出したメルロは急いでシズカの肩へ飛び乗る。

「一緒に来てくれるんですか？　ありがとうございます。僕も、メルさんを守りますね」

『ムムー！　ムイムイッ』

絶対こいつら会話していると思う。シズカはメルロの言っていることがなんとなくわかると言っていた。普通はなんとなくもわからない。俺にはムームー言っているようにしか聞こえねぇし。

「んじゃ、また帰ってくる」

「あまり戻るな。今は耐えることも必要だ。怪しまれるぞ」

ハイハイとヤサに気のない返事をするが、まぁ、わかっている。今はまだ契約中だしな。

はぁぁぁ。あと少しで契約が切れる。

俺はヤサと視線を合わせて一度頷《うなず》き、皆で戻った。

「リオ、これ、メルパン。馬の運転手さんに渡してくれる？」

「ん？　あぁ、御者な。パン持ってきたのか」

「あ、御者さんだよね……言い慣れなくて、間違えた」

えへへ、と照れたようにはにかむシズカが可愛い。

「御者さん、お昼食べたかな？」

「ん。渡してくる」

渡したくないけど。何かしら食ってるだろ。

御者席への連絡窓につけた目眩《めくら》ましの布の中へ入り、馬車の中が見えないようにしてから窓を開け、パンを差し出す。御者二人は僅《わず》かに首を傾けた。

「俺の半身から」

「………かわい」

「…………メルロ」

こいつらの声は久方ぶりだ。無口同士でくっついたから、声を聞く機会が殆《ほとん》どなかった。

「そう。メルロ飼ってんの。だから、メルパンだって」

頷《うなず》いて頭を下げるその二人に馬を頼むと告げ、あっちの奴らに気付かれる前に引っ込んだ。

「ありがとうだって」

「貰《もら》ってくれた？　良かった」

『ムムッ！』

ずっと羊の頭に埋もれていたメルロは今はマリアとシズカから花びらを貰《もら》っている。てしてしとシズカの手を叩いて催促するのはいつも通り。

メルロをマリアに頼んで、シズカを抱き上げ膝へ乗せるのも、いつも通り。

静かに動き出す馬車へ身を預け、俺は可愛い半身を抱き締めた。


夕日が沈む前に、夜営地へ到着した。

馬車の中で充分なのだが、怪しまれても困るので天幕を出し、馬車の出口に合わせて設営する。

御者二人と俺とニコラスで手際良く動いていると……まぁ、来るわな。

「わぁ。エルフさんたち早いですね……！　素敵です……！」

「……ありがとうございます。皆、慣れていますからね」

「エルフさんの半身って人は、お手伝いもしないいんですか？　私なら、手伝うのに」

いや、こいつこそ手伝ってなくね？　ってか、王子共が天幕を張れるとは思わない。周りがやっているのを見ているだけか。

「貴女は何を手伝ったのですか？」

「私は手伝いたいって言っているのに、皆が危ないから駄目って言うんですよぉ。お役目があるから、怪我でもしたら大変って。エルフさんの半身はお役目ないのにゆっくりですか？　羨《うらや》ましいです……！」

敢《あ》えてでかい声を出す糞女《くそおんな》。聞かせたいだけか。うぜぇ。糞《くそ》うぜぇ。

「そうですか。私の半身はいてくれるだけで良いんです。傍《そば》にいてくれるだけで力が湧きますし、癒《いや》されますし、何より心が温かくなります。お役目というのは大変なことですから、貴女もゆっくり休んでくださいね？」

「……そう。ねぇ、エルフさん。私の眼をみてくれますか？」

キィンと頭の中で高い音が鳴る。これがこの糞《くそ》の魅了の力か。あー、まじ糞《くそ》。死ねば良いのに。

「……どうしました？」

「……なんともないですか？」

「そういえば……半身を抱き締めたくて堪《たま》らないような。何かしました？」

「……ッチ、いいえ。してません」

え？　こいつ舌打ちした？　え？　殺していい？

「そういえば、エルフさん。あの子……うちの召使いは元気ですか？　できれば返してほしいんですけど」

「ふふ。うちの？　違いますよ。それに元々、モノじゃありませんし」

また何を言い出すかと思ったら。

そう返すと、糞女《くそおんな》はグッと堪《こら》えるように唇を噛む。ブスがますますブスになる。

「あの子は私たちにとって大切な子です。元気に過ごしていますよ」

「……シズカはただの召使い。奴隷《どれい》みたいなものです。あまり甘やかさないでくださいね」

「ふふっ。貴女にあの子のことに口を出す権利はありませんので勘違いされませんように」

召使いと奴隷《どれい》では意味が全く違う。

シズカは多くは語らないし、糞女《くそおんな》は阿呆《あほ》だし。

とり敢《あ》えず微笑《ほほえ》んで、俺は時が過ぎるのを待つことにした。

「ねぇねぇ、エルフさん、シズカは家で留守番中ですか？　ついてきてないんですか？」

しつこい。本当にしつこい。もう話しかけられないようにきつめな言葉をかけたつもりだったのに。……しつこい。

「どうでしょうか」

「なんで教えてくれないの？　悲しいです……皆さん、エルフさん、意地悪ですよね!?」

黙り込む他三名。だよな、関わりたくないよな。

同じ意地悪という言葉でも、発する人が違うだけでこうも違うのか。

シズカの、ベッドで唇を噛んで恥ずかしそうに言う「いじわる」は良い。

焦《じ》らした時の、早く欲しいとなかなか言えずに呟《つぶや》く「いじわる」も良い。

糞女《くそおんな》の言葉は聞き流して、シズカを思い浮かべながら作業に集中する。糞女《くそおんな》は居心地悪そうにこちらを見詰めた。早くいなくなればいいものを。

「私、さっき怪我をした騎士の治癒をしたんです……」

「そうですか。お役目お疲れさまでした。ゆっくり休んでくださいね？」

「あの、だから、魔力が……少なくて……皆、忙しそうで頼めなくて……」

本当に気持ち悪い。よくそんなことが言える。

「王子たちがいなくとも、沢山の暇そうな騎士たちがいますよ」

「そんな……！　エルフさんは、私が下級騎士と関係を持つとでも？」

うぜぇ。どうしてこいつは自分が高い身分だと思っているんだ？　聖女としても不完全なくせに、下級では嫌だとか……あー、うぜぇ。

「私は……エルフさんのような方なら……」

最後まで言わせる気はなかった。そろそろか。

「っ、マイカ！　危ないから馬車で待つように言ったではないか！」

聖女がぐだぐだし始めた時点で王子に手紙を飛ばしていたのだ。それにしてもめんどくせぇ奴ら。

「聖女は魔力がなくて辛《つら》いとのことです。王子、早く癒《いや》してさしあげては？」

可哀想に……！　何故《なぜ》、早く言わないんだ……！　そう言いながらにやける王子も気持ち悪い。

騎士団長が糞女《くそおんな》を横抱きにして、足早に天幕へ走っていく。

ドッと疲れた。気分的に浄化をかけていると、ニコラスたちからの視線を感じる。

俺の肩に手を置き、数度叩いて戻るニコラス。御者の二人は暫《しばら》く見詰め合っていたが、こちらへ片手を伸ばした。手を出すと、コロリと何かが落とされる。

「どんぐり？」

「…………パンの、お礼」

「半身に？」

「…………メルロ」

「喜ぶのか？」

そう問うと、頷《うなず》いた。

シズカへのお礼ではないのは、俺に気を使ってか。

とりあえず礼を言って、天幕はそのままこの二人で使えるように結界を張る。

馬車へ戻って、シズカを抱き締めた。

「リオお疲れさま。大丈夫？　……ありがとう」

「ん。シズカは大丈夫？」

「だいじょうぶ」

「本当？」

そう聞くと、困ったように笑う。

「ちょっとだけ、リオに話しかけないで！　ってマイカに言いに出たくなったよ」

可愛い。やきもちが可愛い。

「ありがと。あ、これ、御者から」

「え？　どんぐり……ぴかぴかで艶々《つやつや》だねぇ。んと、僕に？」

「いや、メルロに。好きらしい」

「わぁ、すごい！　メルさんにあげてくる！」

どんぐりを持って小走りするシズカは妖精にしか見えない。

「メルさん。起きてますか？　どんぐりもらいました……！　要《い》りますか……？」

『ムー!!』

メルロはたたっと籠《かご》から飛び下り、シズカの手からどんぐりを貰《もら》って器用に咥《くわ》え、籠《かご》へ戻る。

食っている様子はないが、ぐるぐると回っていた。

「メルさん大興奮ですね？　良かったですね。可愛いです」

だから、シズカが可愛い。

抱き上げて、仮眠をとれるように作ったシズカの部屋へ連れ込んだ。

「わぁ……！　リオ、びっくりするよ。……んんッ、あ」

その唇を啄《ついば》んで、ぎゅうと抱き締める。

「……ん、りお、どうしたの？　僕は、大丈夫だよ」

「俺が嫌なだけ。もう一度、魔法かけてほしい」

あの女に汚された気がする。あと、頭と身体の中を通っていった糞女《くそおんな》の魔法が気持ち悪い。

「精神操作無効のやつ？」

「そ。魅了かけられて、気持ち悪い。シズカのおかげで全然大丈夫だったんだけど、とにかく気持ち悪い」

「……えと、じゃあ、ここ座って？」

ベッドしか座るところがないから、シズカを抱いたまま腰を下ろした。

「目、つぶってください……」

急に敬語になるのがまた可愛い。

言われた通りに瞼《まぶた》を閉じると、髪を撫《な》でられる。シズカのしなやかな指先が頬へ鼻へ唇へ動いた。

「……ん」

ゆっくりとした動作で唇が重なる。

控えめに舌が重なっているところを突《つつ》かれ、俺は僅《わず》かに口を開いて受け入れた。

辿々《たどたど》しく動くその舌を幸せな気持ちで堪能《たんのう》しているうちに、じわりじわりと身体が温かくなる。

きっとほわりと光を放っているんだろうが、今は目を閉じているからわからない。

くちゅ、と音がして離れる気配がしたので、そっとシズカの後頭部へ手を添えて逃げられなくしてから、食いついた。

「ツん、ちゅ、やあっ」

俺の舌を誘うその可愛い小さな舌が可愛い。絡めたいのにおずおずと小鳥のように突《つつ》くだけなのに、そそられた。

はぁ。シズカも悪い。

「キスしながら魔法かけてくるシズカが可愛すぎるのも、悪い」

「だって……」

「だって？　……待て、なんでそんな泣きそうなんだ？　嫌だったか？」

涙目のシズカなんて見たくない。いや、泣いていても可愛いけど。それでも嫌だ。

「違う。嫌じゃないの。魅了使うのは魔獣だって言ってたのに……マイカだったのが怖いの。リオが魔法にかかったらって思ったら、怖いの。りお、かかっても、ちゅうしたら治るって前に言ってたから……」

「あー、悪い。ちゃんと説明しておけば良かったな。不安にさせて、すまない」

「ううん。勝手に、不安になっちゃっただけなの。僕も、ごめんなさい」

シズカが謝ることは何もない。自分の詰めの甘さが嫌になる。

「……りお」

「ん？　どうした？」

「……一応、もう一回ちゅうさせて」

「何度でもして。かかってないけど、一応何度でもして」

この子の可愛さにいつも死にそうになる。

一応のもう一度を何度も何度もして、二人でゆったりと微睡《まどろ》む。

「……ん、りお。そろそろ夕食の、用意したい」

「んー」

「もー、甘えんぼのリオも可愛いけど、ごはん食べよ？」

俺は良いけど、シズカが空腹を感じるのは可哀想だ。

「一応最後にもう一回ちゅーしてぎゅーして魔法かけて」

「ぎゅ。もう、リオどうしちゃったの？　可愛いなぁ」

可愛い可愛いと一緒に寝転がって、俺を抱き締めてくれるシズカが可愛い。

自分でも似合わないことを言っているのはわかる。神殿の奴らが聞いたら泡噴くんじゃないかというくらい、シズカに甘えたいし甘えてほしい。

チュッ、チュッと顔中に可愛い口づけまでしてもらって、やっと動く気になれた。

「視界に入るのはシズカだけが良い……目が腐る」

「ふは！　何それ」

俺の世界はシズカだけで良い。

冗談ではない、本気だと告げる。シズカは上半身を起こして、まだ横になっている俺の髪を撫《な》でた。

「……あのね、僕はずっと閉《と》じ籠《こも》って、なるべく狭い視界の中、その中でも少しだけしか見てこなかったの。見ようとも思わなかった。でも、今はリオがいるし、メルさんも、おじいちゃんおばあちゃん、ヤサさん、モコモコさん。今日初めましての御者さんも。少しずつだけど、まだびくびくしてるけど、以前より視野が広がってると思う」

「ん。それはそれでちゃんと嬉しい。シズカは偉い」

他に目を向けられるのは嫌な気持ちもあるが、相手が相手だから、不快ではない。それが糞共《くそども》となると別だが。

「でもね？　僕がこんなこと思うのはなんて失礼なんだろうって思うけどね……？　誰か一人だけ選べって言われたら、迷わずリオを選ぶよ。皆を助けるのが難しかったら、迷わずリオを助ける」

その言葉がズシンと心に落ちる。シズカに選ばれるのはどれほど嬉しいことだろう。

「……もしもの話ね？　そもそも比べるようなことではないし」

自分なんかが選ぶなんておこがましい……と眉を下げるシズカの頬へ手を伸ばして、そっと抱き寄せる。

「シズカが俺を選んでくれるなら……シズカが大切に思ってる奴らは俺が守ってやっても良い」

出逢った当初は、本気でシズカ以外はいらないと思っていた。だが、半身の望むものは全て与えてやりたい。……それが自分以外でも。

「だから、安心して良い。そんなもしもの話で悲しい顔しないで」

「……うん。でも、僕も皆を守るよ。リオが一番なだけ」

「ん。……一応聞いておきたいんだが、糞女《くそおんな》はシズカにとって大切な奴？」

その問いにシズカは自嘲《じちょう》気味に僅《わず》かに笑う。

「糞女《くそおんな》じゃなくて、マイカだよ。……マイカにはね？　辛《つら》いのと悲しいのと、大切に思う気持ちが混ざってるの。自分でもぐちゃぐちゃでわからない。でも、もしかしたら……皆に何かあったらリオの次に助けるかもしれない」

「わかった。まぁ、俺は見捨てるけど」

「もう、何それ。……でも、それでいいの。僕は聖女様でも神様でもないから、そんなに優しくないもの。だから、僕の大切な人とかものとかをリオに強要したいとは思わないよ」

「シズカ以上に優しくて可愛い生き物、見たことない」

「……僕はリオ以上に優しくて素敵な人に出逢ったことがないよ」

シズカ以外の俺の素《す》を知る者たちからは、優しいとも素敵だとも言われたことはない。

「何か腹減ったな？」

「ふふ！　だから、ごはんにしようって言ってるでしょう？」

食事よりもシズカが食いたい。あー、食いたい。

すぐに照れて恥ずかしがるシズカに、実は釘を刺されている。人が周りにいるところでいちゃいちゃは嫌だと。防音も……なんとなく嫌だと。

はぁ、我慢。シズカと出逢うまではどうってことなかったのに、シズカを前にするとどうも収まりがつかない。

思わず肩口に吸い付くと、「もー」と言って離された。

「……シズカの、もーっていうのすごく好き」

「何それ」

「ついでに言うと、『何それ』も好き」

何も言えなくなったのか、むぐむぐと動かしているシズカの口にキスをする。

「……りお」

「ちゃんと我慢する」

したくないけど。

「えと、あの、夜のね、皆、自分の家とか部屋とかに戻って寝てからの防音なら……いいよ？」

あぁ、無理。本当に無理。可愛すぎて、無理。

「この小悪魔め」

「何それ」

また出たその言葉に、お互い顔を見合わせて笑い合う。

「ごはん行こ？」

「ん」

手を繋いで、扉を開けた先に鍋をかき混ぜるマリアがいた。

「とりあえずこちらで食事で良いですか？　今日はシチューですよぉ」

「……シチュー！　美味《おい》しそう。お手伝いします……！」

「あらぁ。シズカちゃんありがとう。私、孫とお鍋まぜまぜするのが夢だったのよぉ」

ニコニコと俺の手を離さずに一緒に歩いてくれるシズカ。

「リオとサラダ作ったら、おばあちゃんとお鍋まぜまぜします」

「あらぁ。ありがとうね？　ステラリオ様もじゃあ、ここは仲良しの二人に任せて、私はニコラスと食器を用意するわぁ。楽させてもらっちゃう！」

気を使ってニコラスのもとへ行くマリアに感謝して、せっかく場所を譲ってもらったのだからと適当にそこらにあったレタスを千切って洗う。

シズカがこちらをチラリと見て、ふふっと笑った。可愛い。自分では気付かなかったが、俺の目尻はだらしなく下がっていたようだ。

「あらぁ……あんなに優しくて穏やかなお顔をされるなんて……長生きするものねぇ」

「だらしねぇ顔しやがって」

マリアとニコラスのその言葉の優しさに気付けたのは、シズカに出逢ってから俺も何かが変われているということなのだろうか。

○　○　○

日差しが眩《まぶ》しくて、起きたくないと思いながら重い瞼《まぶた》を上げた。

昨夜は皆が寝静まってから防音の部屋でなら良いとの言質《げんち》をとったから、屋敷の部屋で遅くまでシズカをねちっこく攻め立ててしまった。

可愛くて可愛くて、ついシズカに限界を越えさせてしまう。もう出ないとぽろぽろと涙を流しながら潮を噴き、「ふぇぇぇ……！」と号泣するシズカは本当に可愛くて。もうやめようと、最後に射精させて終わりにしようと思っていたのに……まぁ、挿入した。

もしかして、怒ったのか……？

腕の中に温かいものがないことを確かめて、溜め息を吐《つ》く。

最近シズカと眠ると朝、起きられないことが多い。以前は僅《わず》かな物音にも敏感だったのに、だ。

とりあえずシズカを探して謝ろうと起き上がり、ベッドサイドのテーブルに置き手紙があるのを見つけた。

『りおへ
おはよう。めるさんのごはんおさんぽいってきます。しんぱいしないでね。

しずかより』

これは、手本を見ないで一人で書いたのだろう。シズカは書き取りの練習をコツコツとしていたが、ここまで書けるようになるなんて凄《すご》い。そんで、簡単な文章が可愛いし、字は一文字ずつ、丁寧に書いたのが伝わってくる。

……しまっとこ。

目に焼き付けてから、そっと異空間へしまった。

「ここは天国か」

「そうかもしれん」

外へ出ると、羊とその上のメルロと戯《たわむ》れるシズカが目に入る。花びらを沢山降らせてくるくると回っていた。

そして、背後にヤサがやってくる。

「腰が引けてて可哀想でなぁ……治癒をかけてやろうと――」

「は？」

「……したが、思い出したように自分でかけておった。問題なくできていたぞ」

「ならいい。……俺がいない時に痛がってたら治癒してやってくれ」

「ぶはは！　そもそも原因はお前だろう？　ステラリオ。少しは抑えんか」

「無理」

本当に無理。小悪魔通り越して魔性だ。普段から可愛いのに、お強請《ねだ》りや泣き言や素直な誘い文句が可愛くないわけがない。……要するに、常に可愛い。

昨日の「やだ……やだぁ……りお、りお、も、いや。はやく、きてよぉ」ってぐずぐず泣きながら強請《ねだ》られた俺の身になってほしい。

いや、俺の身になってほしくはないな。一生知らなくていい。俺だけ知っていれば良い。

「あ……！　リオ、おはようー！」

にっこり笑って駆け寄るシズカを抱き留めて、謝る。

「おはよ。昨日ごめんな？　やりすぎた自覚は、ある。あと、置き手紙も嬉しかった。字がすげぇ上手くなってて驚いた」

「ううん、僕もごめんね？」

ぽっと頬を赤く染めるのは、昨日のことを思い出したのか。

「文字はね？　馬車で時間ある時に頑張ることにしたよ。もっと上手になりたい」

「ん。偉い。できなくても良いけど、できたら役立つこともある」

「うん。頑張る！」

はぁ。うちの半身は本当に良い子。

「あと最近、朝ぐっすりで起きられないことが多いんだ。悪いんだが、起きた時に一人は寂しいから、部屋出る時は起こしてほしい」

一緒に起きたら、その分一緒にいられる時間が増える。そう伝えると、ハッとした表情のシズカ。

「もしかしたら……それ、僕のせいかも……この間も……」

「ん？」

「……早起きした時に、ゆっくり寝てね？　ってちゅうとかしてる……頭とか、ほっぺとかに……うぁ、勝手にごめんなさい」

見たい。切実に見たい。

とかって、何？　ちゅうと他に何してるの。寝こけてた自分を呪いたい。

「魔法が発動したのか。それなら納得だな。今度は、起こしてからおはようのちゅーして？」

「うん、でも、疲れてる時は寝ててほしい……」

「シズカは前夜に沢山身体を重ねて、愛し合って、起きたら一人って寂しくねぇ？」

「……寂しい。ごめんなさい。これからは起こすから、僕のことも起こしてくれる？」

「ん。怒ってないから謝らないでいい。ありがとう」

怒ってない。寂しかっただけ。あんまりシズカには言いたくないけど、寂しかっただけ。

「よし、ステラリオの甘えたも終わったし、シズカ、一緒にパンを焼くぞ」

「焼きます……！　リオ、また、リオパン焼くね？」

「ヤサうぜぇ。……ん。俺もやる」

「ぶは！　でっけぇのが着いて歩くほうがうざいのう」

そう言いながらもぐりぐりと頭を撫《な》でるヤサをシズカも微笑《ほほえ》んで見る。俺はその腕を払い落として照れ隠しにシズカを抱き上げて走った。

「いやぁぁぁッ、ふは！　ふっ、あはは！　リオ、速い……！」

声に出して笑い転げるシズカが可愛すぎて困る。

「ははは っ！」

ひとしきり二人で目を見合わせて笑っているところに、ヤジが入る。

「ふざけるなら、よそでやれ」

「ステラリオ様、子供みたいですねぇ。幼い頃は大人みたいだったのに」

「シズカのおかげだなぁ……」

いつの間にかメルロまで入って、俺はコメカミに汗が滲《にじ》むほど走って、笑って。

「ふぁ、はぁ、……ふぅ。パン焼かなきゃ……」

シズカの真面目さにまた笑った。

「出来た。シズパン」

「ふふっ、可愛い。僕?」

「ん。シズカみたいに上手くないけど」

シズカのように上手くないし、シズカがメルロや羊や俺をモチーフに沢山のパンを成形する間に俺が作れたのはこの一つだけ。

こんなに可愛い実物がすぐ隣にいるせいで、こんなわけない、もっと可愛い、と何度も作り直した。なのに、お世辞にも可愛いとは言えない出来だ。なんでもそつなくこなしてきたつもりだが、パンなんて焼いたことがなかった。

「リオ、ありがとう」

それでもこんなに喜んでくれるなら、また、一緒にやりたい。


一日一日がゆったりと過ぎていく。

そろそろ目的の地に着くだろう。旅行、とまではいかないが、それなりに楽しめていた。

だが、楽しいことが続けば糞《くそ》みたいなことも起こる。

馬車の中で、シズカの書き取りの練習を見ていた時のことだ。黙々と行うシズカの姿勢は背筋がシャンと伸びていて、可愛いと言うより綺麗。

時折、構ってほしさにちょっかいをかけつつ、俺はそれを見守っていた。

そんな中、結界の揺らぎを感じる。

人にならビリビリと痛みを与えるが、無機質な物には効かない。無理やり結界を越えてひらひらと飛んできた封筒が、シズカの目の前に落ちた。

「……糞《くそ》が」

あいつが、シズカがここにいる確証が欲しくて手紙を飛ばしたのか。

きっとそうだろう。外に気配を感じる。手紙の行方を見ながら飛ばしたであろうことに、俺は頭を抱えたくなった。

何故《なぜ》そっとしておいてくれないのか。

御者側の連絡窓から、別の紙切れが一枚飛んでくる。

『聖女、魔力がすごく高い奴とセックスしたらしい』

気持ち悪い。それでこんなちっぽけな魔法が使えるようになったとか、気持ち悪い。

「お手紙……マイカだよね？」

「読まなくていい。もうじき旅も終わるし燃やしておこ」

「もー、一応読むよ」

そう言ってシズカは封筒を窓の外の太陽に透かして見る。俺が手で開けようとするのを止めて、ハサミを取り出した。

シズカは上の部分を切って便箋《びんせん》を取り出す。その切り取った部分には薄い刃がついていて、それを当たり前のように気付いて回避したシズカに悲しくなった。

「見ても良い？」

「いいよ。でも、日本語だよ」

「大丈夫、なんとなく読める」

「え？　どうして？」

シズカがこちらの文字表に母国語を書き込んでいたから、こっそり覚えたのだ。知らないより知っていたほうが良い。そんな単純な考えからだったが、まさか役に立つとは。

俺が覚えたのはヒラガナというものだけだが、ほぼほぼこのヒラガナで書かれていたから理解できた。要約すると、シズカへの恨《うら》み辛《つら》みと、こちらへ来いということ。

糞女《くそおんな》のシズカに対する執着はなんだ？　憎悪しているならば関わらなければ良いものを、何故《なぜ》こんなに執着する？

「んと、もう、ここにいるのはバレてるから、お返事書いても良い？」

「は？　書くの？」

「駄目かなぁ……ハッキリ言わないとわからない子だから……怒るとは思うけど……直接は怖いけど、最近はね？　そこまで怖くないの。リオがずっと隣にいてくれてるからだよ」

あぁ、可愛い可愛いシズカが最近めっきり綺麗で美しい。少しずつでも自信を取り戻しているのが、表情に出ているのだろう。

シズカが糞女《くそおんな》に向き合おうとしているなら背中を押してあげたい。

そんで全部が終わったら、最後にこっそり糞女《くそおんな》を始末したい。

「ちょっとだけ、意地悪しちゃう」

そんなシズカはやっぱり可愛い。どんな意地悪をするのかと思えば、こちらの文字でスラスラと文章を書く。

糞女《くそおんな》は自分で読めなくて苛立《いらだ》つだろう。本当にうちの子は頭が良い。ヒラガナも、シズカの文字は綺麗だったのに、あいつの手紙はぐちゃぐちゃで汚かった。

「……リオの半身は僕って書いても良いかな？」

そう窺《うかが》うように上目遣いをされて……はぁ、滾《たぎ》る。可愛い。

「ぜひ、書いてくれ」

「ん。できた。飛ばしてみるね」

「いや、俺がやる」

「ううん。やったことないから、やってみたい」

知ってる。だからこそ、だ。

「初めては俺が良い」

そこで笑い声が聞こえる。マリアとニコラスだろう。

「凍った空気が溶けましたねぇ。シズカちゃん、お手紙、なんて書いたの？」

「えと、リオは僕の半身だから魅了しないでっ、と、周りにご迷惑をかけないようにってことと、僕はマイカのところには戻らないってこと、自分を大切にしてねって……怒るだろうなぁ……」

「馬鹿とか糞《くそ》とか書けば良いのに」

「ふふ。書かないよ、そんなこと。じゃあリオ、これ、お願いできる？」

「ん」

ぐしゃりと丸めて投げ付けたいが、せっかくシズカが丁寧に書いたものを無下にはできず、そっと飛ばすしかなかった。


変わらず夕食を皆でとり、一応何かあった時のために屋敷ではなく馬車で眠る。

「……ねぇ、リオ。あの手紙の内容、本当だと思う？」

「ニホンへ帰れるからこっちへ来て奴隷《どれい》やれってやつ？」

「……うん」

「今までの文献を見る限り、帰れた奴はいない。だが、今回はわからない」

本当に、わからない。

帰れる方法なんか調べようとも思わなかった。知りたくねぇ、それだけだ。

「シズカは気になる？」

「帰りたいのか？」とは聞けない、臆病者。

「気になるって言うか……うーん……僕には関係のない話なんだけど……」

「関係ない？」

「うん？　えと、僕は、ここにいても良い？」

俺はふー、と細く長く息を吐く。

「当たり前。いてくれないと困る」

「……ぎゅ」

こてりと肩に頭を預けるシズカを撫《な》でる。

「僕はもう、リオのいない生活は考えられないの。それに戻ったところで居場所はない」

俺もシズカのいない日常は考えられない。

「でも、マイカは違う。愛してくれる両親も、友だちも、先生も、ボーイフレンドも。沢山持ってるの。恵まれてたから家事とかもできないはずだし、ここは僕にとっては夢のようだけど、マイカにとっては不便な世界だと思う……帰れるなら、帰してあげたいなって」

何故《なぜ》、そんなことが思える？　召喚されたばかりの痩《や》せ細《ほそ》った身体と傷を見る限り、あの女は尋《じん》常《じょう》じゃない。

「マイカはね、昔はとっても優しかったんだよ」

微笑《ほほえ》むシズカに偽《いつわ》りはないだろう。

だが、昔はってどれだけ昔の話なんだ。どれだけ耐えてきたのか。

シズカは優しすぎる。シズカが許したって俺は許せない。

ベッドへ寝転んで、手を繋いでシズカと沢山語り合った。

互いの生い立ちをぽつりぽつりと言葉にして吐き出し、繋いだ指先で手の甲を撫《な》で、目が合ったら口づけをして……

「このまま時が止まれば良いのに」

「ね？」

「……逃げるか」

「もー、だめだよ。終わったら、帰ろう？」

「……どこに？」

「リオと……僕のお家」

あー、可愛さ一億点。

「あの日、召喚された日、何してた？」

「お掃除」

汚水かけられてたんだよな。胸糞《むなくそ》わりぃ。

「光った？」

「んー、文字が沢山出てきて、すこんって落ちた感じ？」

「へぇ。勝手に召喚したのは不快だけど、シズカに出逢えたのは、幸せ」

「僕も、幸せ」

むぎゅむぎゅ抱き合う。どんな話をしていても、すぐに好きだとか、幸せだとかの話になり、二人で微笑《ほほえ》み合《あ》った。

話はなかなか進まないけど、心は温かい。

明日の朝食のサンドウィッチの具材を考えている途中で、シズカはスヤスヤと寝息を立てた。むにゅむにゅと口を動かしているのは、夢の中でサンドウィッチを食べているのか。

閉じられた目と長い睫《まつげ》。その睫《まつげ》をそっと撫《な》でると、途端に眉間に皺《しわ》を寄せる。

「ははっ」

その顔が可愛くて思わず声を出して笑い、そのままシズカを抱き直して眠りについた。

物音がして意識が浮上する。

まだ薄暗い……朝方か。

意識を集中させて、苛立《いらだ》ちと共に舌打ちが自然に出る。あの糞女《くそおんな》が。

「んむ、りお……？　おきる？」

一瞬で心が浄化された。可愛い。寝起きから可愛い。

「おはよ。早くに起こして悪い」

「んーん。何かあった？」

「糞女《くそおんな》がいなくなったっぽい」

「……、マイカがごめんなさい」

「あいつとシズカは無関係。謝ることは一つもない。ちょっと、話聞いてくる」

「……ん。気を付けて」

触れるだけのキスをして、いつもの魔法をかけてもらって、ダラダラと用意をして、後ろ髪を引かれる思いで部屋を出た。

「っ、エルフ様！　早朝から申し訳ありません……！　起きたらマイカがいなかったのです……！

何か、ご存知ないでしょうか？」

「いえ……たった一人でいなくなったのですか？　他にいなくなった者は？」

「……マイカと共に一人、消えています。魔力の多さからマイカに見初《みそ》められた者です」

セックス要員を連れていくとか。もう、好きにさせてやれば良いと思う。魔獣に喰われても、自己責任だろ、こんなの。

「昨夜、故郷が恋しいと言い出したのです……可哀想に……さめざめと泣いて」

いいや、召喚したのはお前らだろ。考えが馬鹿すぎて、何も言えない。可哀想にって……

「帰れる方法は本当にあるのでしょうか？」

「……一応……あります。極秘ですが」

「聞いても良いですか？」

聞きたくない。でも、シズカはここにいると言ってくれたから。聞いておいたほうが良いだろう。

そんで、こいつ馬鹿だから極秘と言いながらぺらぺらと話す……継承権返上しないと国が滅ぶ。

「召喚よりも送り返すほうが魔力を食うのはご存知ですよね？」

「えぇ」

「単純に対価となる魔力があれば良いのです」

「……というと？」

「魔力量が多い者を生贄《いけにえ》にすれば……」

……糞《くそ》が。俺に執着していたのもシズカに執着していたのも、それが目的か。

「マイカは聖女ですから、対価となる生贄《いけにえ》はなかなかおりません。魔力量が多い者は貴族に多いですし……私はマイカを本気で愛しています。だから……愛しているが故《ゆえ》に、マイカの気持ちを尊重しようかと……！」

「……王子の魔力量なら対価となるのでは……？」

糞《くそ》みたいな魔力同士釣り合うだろ。

「そんなご冗談を。私は王となるのですよ？　死ぬわけにはいきません。……それで、あの魔力だけは多そうだったマイカの召使いなら丁度良いかと思っていたのですが」

この自分に酔っている糞王子《くそおうじ》をぶっ殺したい。

こいつは何を言っている？　どうすれば良い？　どんな死に方が良い？

「あぁ、でも、あの昨夜の男を代わりとするなら……あの召使いは大丈夫です。いりません。エルフ様……！　とりあえずマイカを捜さなくては……！　ッ、ぐあっ」

思わず、王子を殴り飛ばした。魔法を使わず拳《こぶし》を使うなんて久しぶりだ……汚物に触れるのは気色わりぃな。やっぱ触れないで殺そう。

「あ……あ、この、この……不敬罪で打ち首になりたいのか……！」

「どうぞ？　あなたにできるなら」

触れずに、魔法で首をギリギリと締める。

その時、誰かに名前を呼ばれた。ニコラスと御者たちか。まぁ、待て。まず殺すから。

向かってくる騎士たちは、先程の会話を聞いていたのだろう。戸惑《とまど》っているようだ。

王族で継承順位が第一位のくせに、命を懸《か》けて守ってくれる奴もいねぇのか。

最近セックスばっかだっただろうし誰もついてこねぇのは納得。糞《くそ》だし、生贄《いけにえ》発言もしていたし、糞女《くそおんな》の練習台にされた奴もいるだろうし。本当に、皆、馬鹿。

「がっ……ぐ、があっ……」

苦しそうに首を掻《か》くその顔は、涙と鼻水で汚れている。気持ち悪い。早くしよう。

更に力を入れようとしたところで、愛しい香りに包まれた。

「ッ、りお！　だめだよ、だめ。離そう？　ね？」

「可愛くて、大好きなシズカのお強請《ねだ》りでも、無理。ごめん」

「うん。ごめん。僕も、ごめん。えと……あの……りお、僕さみしい」

寂しいと聞いて思わずシズカを見る。

「ね、ぎゅーして、ちゅーしてくれないとさみしい。さみしくて、死んじゃう。リオが僕のこと見てくれないと辛《つら》い。この手、開いて、僕の頭撫《な》でて？　リオの温かい手で僕のほっぺ包んで？　可愛いって言って。大好きって言って？　……ねぇ、だめ？」

「……………駄目なわけない」

どさりと糞《くそ》が膝をつく音がした。

俺を止めるためだということはわかるが、言われた通りにシズカをぎゅーして、ちゅーして、頭を撫《な》でて、頬を掌《てのひら》で包む。

「可愛い。本当に、可愛い。大好き」

「僕も、だいすき」

我に返ってこちらへ向かってくる騎士共や神官にげんなりとする。その時、ぶわりと風が舞って、奴らの足を止めた。

『ムムイッ！』

「あ！　メルさん、危ないから出てきちゃメッですよ！」

『ムーイー……』

素早くシズカの肩へ飛び乗ったメルロが、ぐりぐりと顔を押し付けている。

あの風はお前か？　お前しかいないよな？

……すげぇな。

メルロは俺に対して誇らしげな表情をする……まぁ、今回は褒めてやらなくもないが。

「シズカ、糞女《くそおんな》捜してくる。うぜぇし怪しいし捕まえて、もう終わりにしたい」

「……うん。僕はどうしたら良い？」

「来るなら守るし、来ないなら屋敷に転移しといてほしい。あー、でも今は離れてるより一緒にいたほうが安心する。目の届くところにいないと不安」

「ん。連れていってほしい。メルさんは、ここにいてくださいね？」

メルロを籠《かご》へ入れても肩に乗られて困っているシズカが相変わらず可愛くて、思わず場に似合わない笑い声を上げて抱き締めた。

「転移はいきなり行って何かあると困るから、馬で行くか」

「……馬は、乗れない……ごめんなさい」

メルロの起こした風のお陰で糞共《くそども》が沢山倒れている。その中を、シズカはびくびくとしながら俺の服の腰あたりを掴んで歩く。

仮にメルロが魔法を使ったのだとして、まぁ確実だろうが、それにやられる騎士たちって何。騎士団長もいるし笑える。

「一人で乗せるわけがない。一緒に乗ろ」

シズカを抱き上げてそこらの馬に乗せてから、素早くその後ろに乗り込んだ。

「あー、このままどっか行くか。ピクニックとか」

「……う、僕どこに掴まれば良い？」

俺の問いに、シズカはそれどころじゃないとキョロキョロそわそわ。

「ん。力抜いて背中預けて？　手はここ。俺の腕持ってても良い」

「馬さん、凄《すご》いね？」

「ふふっ。凄《すご》いな？」

とりあえず、あの女が元の世界に帰りたいなら神殿か。森か街かで迷うが、それなら街だな。

「少し、飛ばす。口閉じてて、舌噛むから」

それにしてもシズカが可愛い。

「あっ……リオ……」

「どした？」

振り向きざまの上目遣い。はぁ。

「たぶん、あっちだと思う」

「たぶん？」

あっち、と指すのは森。

「うーん、絶対？」

「ん。そっち行こ」

森は視界が悪い。

「危ないから、ゆっくり行く」

「あのね、あまり遠くには行ってないと思う」

シズカは前を見たまま、ぽつりぽつりと話す。

「マイカはそんなに運動神経が良くないの。一番嫌いなのは持久走だし……、歩くのも好きじゃない。それにね？　たぶん見つけてほしくてやってるのもあると思う」

「は、糞《くそ》ほど迷惑」

「ごめんね」

「違う。謝ってほしいわけじゃない」

そう言うと、シズカは素直に身体を預けてくれた。その頭をぐりぐりと押しやる。

「なぁ、なんで森ってわかった？　魔法？」

「ううん。……双子の勘かな？」

昨夜、言っていたやつか。

「何度考えても、あの糞《くそ》とシズカが同じ腹で育ったとは考えられないな」

「マイカは優しいんだよ」

この子の言う優しいマイカは、あんなに沢山の傷をつけるか？　ガリガリで、切り傷、痣《あざ》だらけの身体を初めて見た時の驚きと苛立《いらだ》ちは忘れられない。

他人にびくびくするほどの恐怖をどうやって植え付けた？

「僕ね、身体が弱かったって言ったでしょう？　入退院を繰り返して両親にもハズレだって言われて。早々に見切りをつけられてマイカが後継ぎになった。そこからの重圧とか、僕にはわからないけど……マイカにも捌《は》け口《ぐち》が必要だったんだよ」

「だからってその捌《は》け口《ぐち》がシズカである必要はない。絶対に人にしていいことではない」

俺は許さない。あと、両親も殺しておきたい。

「でもね、家で咳が止まらなくて苦しくて死んじゃうって思うくらいの時とかね、親は忙しくて来てくれないけど……マイカだけは来てくれたんだよ。吸入器つけて落ち着くまで、背中をさすってくれたの。僕の身体も成長と共に落ち着いてきて、その、意地悪とかはあったけど、高熱の時とか、具合が悪くて起きれない時はされなかったし……」

それは優しさじゃないだろう？

こんな小さな身体で、どれだけの痛みに耐えてきたのだろうか。自分が後継ぎになれないことなんて、シズカ自身は何も悪くない。

「こっちに来てから、すごく調子良いの。呼吸も楽だし、熱も出ない。もしかしたら、僕は生まれてくるところを間違っちゃったのかなって、最近は思う。最初からこっちに生まれていれば、マイ力も意地悪しなくて良かっただろうし、両親も色々悩まなくて良かったと思う」

意地悪なんて可愛いものじゃないにもかかわらず微笑《ほほえ》むシズカに、もう何も言えない。

俺が代わりに糞女《くそおんな》を憎んで許さなければ良いんだ。

優しすぎるこの子に、負の感情は似合わない。

双子の妹のことも両親のことも憎まず、自分が悪いと言うこの子こそが、やはり本物の聖女なのだろう。

けれど、可愛いこの子を聖女となんて認めてやるものか。

その思いは出逢ったあの頃と変わらない。

糞女《くそおんな》を聖女と決めたのは馬鹿王子であり、この国だ。

「あいつが俺たちに執着してるのは、帰るための対価だとして、何かあったらすぐに転移な？」

「……うん」

「本当に、約束して。お願い」

「うん。ちゃんと、約束する。でもマイカともちゃんと向き合いたいから、なるべくどっちも頑張る」

頑張らなくて良い。何もしなくて良い。

でも、それじゃあこの子は納得してくれないだろう。

そっと俺の腕に添えられているだけの手に力が入った。

「きゃぁぁぁぁッ」

「っ、今の、マイカの声！」

本当に森だったか。

それにしても、何故《なぜ》、神殿ではなく森に行ったんだ。そんで悲鳴とか、魔獣にでも襲われたか？　……丁度いいな。

本音は心中だけにとどめ、声のするほうへ急ぐ。

「……あぁ、なるほど」

マイカがつれているだろうものの気配に納得した。

王子たちより魔力が多い者となれば国へ登録されているだろうと思ったが、人ではなかったか。

チッ、かなり距離はあるが、こっちに気が付いている。

そのもの――魔族がこちらを見た。

「なんだ、お前たちは。……エルフかァ？　珍しい」

「ただの通りすがりの見物。魔族も珍しいな」

マイカに馬乗りになったままチラリとこちらへ顔を向けただけなのに、そいつからはビリビリと肌を刺すような魔力を感じる。こいつはヤバイ。

「シズカ、転移」

シズカの耳元に囁《ささや》くと、真っ直ぐに糞女《くそおんな》を見ていた身体がぴくりと動く。

「なんだ？　そこのちっこいのは。うまそうな魔力だなぁ？」

「いや、そこの女のがうまそうだろう？　そいつにしとけ」

ニヤリと笑う口は頬まで開き、牙が見える。

ぶわりと風が前髪を撫《な》でシズカが転移したことを理解してホッと胸を撫《な》で下《お》ろす暇もなく、視界に入った光景に絶句した。

「この子は妹なので返してもらえませんか？」

シズカのもとへ急ぎ転移するも、魔族のほうが一足早く、俺とシズカの間に入る。

シズカの腕を取られた。あぁ、糞《くそ》が、俺の半身に触れるな。

「嫌だ、返さん」

「……あ……いや……シズカ……助けて……！　お願いっ、助けてぇ……！」

攻撃したところで、シズカを盾に取られたら終わりだ。腕を取られているシズカは自ら転移できるだろうか。

「そうだなぁ、この女に代わって俺に喰われるなら、助けてやろう」

「糞《くそ》が、ふざけるな」

「エルフには言ってない」

気持ちの悪い笑い声が耳に残る。

「……っ、交換する！　私の代わりにこの子があなたのところへ行くわっ！　だから、助けてッ……！」

「ぐはは！　いいなァ。こういう精魂腐った奴をいたぶるのが好きなんだ」

「良かったな。じゃあ、俺たちは帰る」

「でもなぁ……このちっこいのは……可愛いな。首輪をつけてベッドに繋ぎたい可愛さだなぁ……」

シズカが怖がる素振《そぶ》りを見せず、俺のほうを向いてコクリと頷《うなず》いた。

フッと、腕の中に愛《いと》おしい存在が戻ってきて息を吐く。シズカなら大丈夫だとは思っていたが、腕の中にいないだけで心臓がばくりばくりと大きな音を立てる。

このまま転移してもいいが、こいつは追ってきそうだ、始末しておいたほうが良い。

だが、魔法をぶっ放したところで……勝てるか？

「はっ！　なんだ、妹を見捨てるのか？　薄情だなぁ」

「……一番はこの人なので。人でなしと言われても良いです。この人だけが、僕の半身なので」

「だとよ？　兄に見捨てられて可哀想になぁ……？」

ぎゃーぎゃーと泣き叫び、早く助けろと言う女。堂々と代わりに差し出すと言った相手にどうして助けを求められる？

「せっ、聖なるひかりよッ、我を、助けたまえっ、われをぉッ、たすけ、たまぇっ……ヒッ、なんで……なんで、出ないのよぉッ」

女は頬を舐《な》められながらも、手を出して呪文を唱えるが、何も起こらない。当たり前だ。ろくに練習をしてこなかったものを、よくこの状況でやろうとするな。

シズカはシズカでこんな糞《くそ》の言うこと真に受けて、どうやって助けたら良いかぐるぐると考えているようだ。

あぁ、涙なんて流すな、こんな奴のために。

「シズカ、あの魔族消しても良いと思う？」

「っ、わかんな、いッ、うぅ、でも、マイカは助けたいっ」

ハァ、と溜め息を一つ。ここで女が消えれば丁度良いと思ったのに、シズカの涙には勝てる気がしない。

「一つ、ここから転移。こいつが喰われるのも見なくて済むし、糞女《くそおんな》がいなくなる。だが、この魔族は転移先まで追ってきそう。二つ、俺が魔法をぶっ放つ。まぁ、恥ずかしい話、俺の魔法は極端でこの魔族を消せるほどの魔力出したらこの辺一帯がなくなる。もちろんこの女も。俺はこれが一番オススメ。……三つ、シズカがこいつがやろうとしてた聖なる光を使う。……どれが良い？」

「……聖なる、光？　僕は……聖女じゃ、ない」

胡散臭《うさんくさ》そうに立ち上がり近づいてくる魔族からシズカを背中に隠す。

「そうだな。聖女じゃない。でも、できる」

「マイカが助かるなら、やる」

指先一つで真っ黒な魔法を投げつけてくる魔族に対して結界を張り、シズカと手を繋ぐ。

ピシリと結界にヒビを入れられたのは久しぶりだ。それこそ幼い頃にヤサに鍛えられて以来ではないか。……割れるのも時間の問題だろう。

「……聖なる光よ、我を……リオを……マイカを……皆を守りたまえっ！」

――アドリブをかましたシズカの願いと結界が割れるのは同時だった。

辺り一面が真っ白な光に包まれて、シズカから力が抜けた。

第四章

コンコンと控えめなノック音に身体を起こすと、食事を持ったヤサが音もなく近づいてきた。

「シズカはまだ起きんか」

「ん。魔力がすっからかん。自分だけじゃなくて、俺のことも、糞女《くそおんな》も、その場にいない奴らのことまで守りたいと願うなんて……思いもしなかった。ちゃんと言えば良かった」

ぽすりと頭に乗る手は変わらず皺《しわ》だらけで温かい。

「お前もそろそろ休め。飯を食え。寝ろ。魔法で無理やりそうさせてしまうぞ」

「ん。シズカと寝る」

「寝る前に食え。俺が魔力流しとくから」

シズカにジジイの魔力が流れるのは嫌。

失礼なことを胸中で呟《つぶや》いたのを察したのか、ヤサの背後が黒い。

「そろそろドロドロの流動食を胃に直接転移でぶち込むぞ」

「……嫌だ」

「なら、食え！　そんで寝ろ！」

ボサボサな髪を適当に縛り、用意されたスープを啜《すす》る。

あぁ、シズカが作ったものが食べたい。

暫《しばら》く監視するように目を光らせていたヤサだが、器《うつわ》がほぼ空になるところで更に注ぎ足し、部屋を出た。

「早く、起きて」

つるりとした頬を撫《な》で、無理やり食事を詰め込んで、シズカを抱き締め直す。

あれから、今日で五日目。

シズカはまだ起きない。通常であれば魔力が戻れば目が覚めるが、シズカは召喚された異世界人。こちらの常識が適用するのか不安で堪《たま》らない。

俺がシズカの横を離れたがらないものだから、ヤサが代理として動いてくれていた。


あの日、シズカが聖女の魔法を使った後、魔族は断末魔を響かせながら消滅寸前まで小さくなった。

やけに強いと思ったのも当然で、あいつは生まれて間もない魔王だった。手っ取り早く人の黒い感情を喰って力をつけているところだったらしい。

伝説の通り、国が魔王の手に落ちる前に聖女が救った。そしてそこには寄り添うエルフがいた。

……こうなると、あの召喚も何かに強制されていたように感じるが、シズカと出逢えたのだから、もうなんでも良い。

聖なる光を真っ向から浴びた魔王は小さくなって浮いているところをメルロにパクリと食われた。

メルロは花や葉以外も食うのかと驚いたが、そのまま俺に引っ付いて離れずついてこられてしまう。こっちは意識を失ったシズカのことでいっぱいいっぱいで、気にせずここに転移したせいだ。

その後、メルロは猫が毛玉を吐き出すように小さな光を口から出した。黒かった光は白く輝き、暫《しばら》くふよふよと辺りを漂《ただよ》う。そいつからはもう悪い気は感じられない。どこかにやろうにもメルロと気が合うのか、ヤサが言うにはいつも一緒に羊の頭にいるらしい。

勝手に召喚し糞女《くそおんな》を愛していると言いながらも、簡単にその女を帰そうとした王子は胸糞《むなくそ》が悪すぎる。俺は仲良しな三人共を一緒に身ぐるみを剥《は》がして記憶を飛ばし、国外の小さな村に捨て置いた。というか、転移させた。

人にしては腕っぷしはあるし見目も良いから、なんとか生きていけるだろう。もっと酷《ひど》い仕打ちを味合わせたかったという気持ちもあるが、王族を殺すと面倒になるし、記憶を飛ばしたのは優しさだ。何もわからないほうが、生きていきやすいだろう。一応、王と第二王子は行方不明の第一王子を捜しているという体《てい》を取っている。

まぁ、考えれば俺の仕業《しわざ》だってわかるよな。

それでも事《こと》を荒立てないのは、俺の半身を害したからだ。誓約では死を以《もっ》て償《つぐな》えとしたのに、この世界のどこかで生きてんだ、感謝してほしい。

そして糞女《くそおんな》は……まだ何も決まっていない。

こいつに関しては俺に決められるものではない。殺さない選択をして、シズカに助けさせたのは俺だ。それなのに、眠っている間に始末は……できないだろう？　嘘は吐《つ》きたくない。

ただ、変わらずぶっ殺してやりたいという気持ちはある。口で散々シズカを追い詰めたとはいえ、直接は害していないため法では裁けない。手紙に刃を仕込んだくらいじゃ極刑なんてとても。

ならどうすれば良い？

俺がどれだけ考えても、結局はシズカが決めること。だから、早く起きてくれないか？

起きたらどうしようか。

もう、王宮付きのエルフではない。

家を建て直すのはどうだろう？　屋敷は少し広すぎる。帰宅後すぐにシズカの姿が見えないのが不満だ。

木で小さな家を建てよう。

一階はキッチンとリビングダイニング。シズカはパン焼きに嵌《はま》ったようだから、使いやすいオーブンを入れて、風呂や洗面は大きめに。

二階は二人の寝室だけで良い。大きなベッドと、サイドテーブル。寝転んで一緒に本を読むための本棚も。

マリアとニコラスも離れないだろうから、この屋敷はあいつらにやろう。ヤサも泊まれるし。

きっと楽しい。絶対に楽しい。

もう、髪も切ろうか。麗《うるわ》しのエルフ様でなくてもいいのだ。

そう考えてハタと思考を止める。

シズカは麗《うるわ》しのエルフ様の俺を見て頬を染めていた。

思わず鏡を見る。先程、飯を食ったが、久方ぶりだ。睡眠はいつからとっていない？　目の下の隈《くま》は酷《ひど》いし、頬も痩《こ》けたか？　髪はパサパサで艶《つや》がない。

こんな俺じゃシズカは悲しむかもしれない。

ヤサたちに何度も休めと言われていたのをやっと思い出す。

マリアを呼んでシズカについていてもらい、浄化の魔法ではなく風呂に入った。自分じゃ上手くできないが、シズカにやってもらったのを思い出して、髪をトリートメントする。

固形物……肉だな。肉を食おう。

ガツガツと食事して、シズカを抱いて目を閉じた。

あんなに睡魔が襲ってこなかったのに、身綺麗にして、将来の楽しいことを考えながらシズカを抱き締めたら、いつの間にか眠りに落ちていた。


すげぇ幸せな夢をみた。

起きた今は覚えていないけど、温かくて、優しい夢だった。だが、それを上回る幸せを腕の中に感じる。

腕の中にシズカ。それは抱き締めて眠った時と変わらない。

違うところは……人形のように眠っていたシズカの細い腕が俺の服を掴んでいる。きゅっ、と胸あたりの服を掴んでいる可愛いシズカ。よく見ると、顔も俺の胸に埋めていた。そろりと撫《な》でると、もにゅもにゅと口元を綻《ほころ》ばせる。

「……も……たべれ……ない」

普段なら起きるまで寝かせてやるけど、今日はもう良いだろうか？

「はぁ。寝言まで可愛い」

「……んむぅッ……！」

俺はシズカの鼻を軽く摘まんだ。シズカは顔を振って、その可愛い目を開く。

「……りお。おはよ」

ふにゃりとした顔で思い切り抱き付いてくるシズカをきつく抱き締め返す。

俺が返事をしないでいるからか、シズカはそろりと顔を覗き込んであたふたし始めた。「どこか痛い？」と聞いてくるが……んなわけない。

あ、そんなことあった。心が痛い。シズカが起きない間は心が痛くて痛くて死にそうだった。それで、今は嬉しくて……嬉しすぎて心が痛い。

そう伝えると、きょとん顔。いや……可愛いけど。

「お前、五日も起きなかった。俺、辛《つら》すぎて死にそうだった」

シズカはハッとした顔をして、変にカタコトになる俺の頭を抱きかかえる。

「……思い出した……、あの、心配かけてごめんなさい。それで、……マイカと魔族さんは……どうなった？」

自分のことよりも人のことを考えるシズカに、やっと笑うことができた。なんだ、魔族さんって。

「ふは。シズカ可愛い」

「もー、どうなったか、教えて？」

「もうちょっと、ぎゅうってして、シズカを堪能《たんのう》したら」

「……ぎゅ」

あー、可愛い。

「魔族は何か知らないが、小さい光の玉になってメルロといる。危害は加えてこないだろうが、消しても良い。むしろ消したい。真っ白で、あと、元魔王らしい」

「まおう……マオさん？」

「……ん。シズカが呼びたいように呼べばいい。糞女《くそおんな》は、とりあえず捕まえてある。俺は、殺しときたい。あいつがシズカにやってきたことは許せることではない。王子たちは記憶を消して、捨てといた。許可取ってるし、あの国のためでもある。それに対してはもう関わりたくない」

シズカが何かしたいなら別だけど。一発殴りたいとか、首刎《は》ねときたいとかなら一緒にやる。

「んと、マイカのことは僕が考えてもいいの？」

「良い……が、俺にも譲れないところはある。このまま仲直りしましたーで近くにいるとかは、本当に無理。王宮の牢屋に入れとくとかもそのうち何か仕出かしそうだから、無理」

「……ん。わかった。何度も言うけど、僕の一番大切な人はリオだよ」

「ありがとう。俺も何度も言うけど、シズカが俺を選んでくれるなら、シズカの大切なものは守りたい。……糞女《くそおんな》は例外だけど」

「もー、糞女《くそおんな》じゃなくて、マイカだよ。……マイカと話したい。一緒に来てくれる？」

当たり前だ。一人でなんて行かせるか。

病み上《や　あ》がりだから、と歩けると言い張るシズカを抱き上げて、俺は糞女《くそおんな》のもとへ転移した。

ひやりとした石壁。狭い一部屋に生活用品は全て揃《そろ》っている。外部と接触させないように。食糧は全て転移。外を囲っている空間には何もない、魔法で作られた部屋。

糞女《くそおんな》の手足には長い鎖がついた足枷《あしかせ》と手枷《てかせ》が嵌《はま》っていた。この部屋から出るのは不可能。女はいきなり現れた俺たちをキッと睨《にら》み付《つ》けた。しおらしくしていれば良いものを。

「ッ、シズカ！　あんたのせいで……！　あんたのせいよ……！」

「ハイハイ黙って。助けてもらってその態度、馬鹿なの？　殺されたいの？　殺してやるけど」

「……エルフさんっ！　助けてくださいっ！　こんな……こんな、ところに監禁されてるんです！」

「ねぇ、俺がやったってわかんねぇの？」

「……え？」

もう話すことはない。何やら喚《わめ》いているが、無視して腕の中のシズカを堪能《たんのう》する。

「……マイカ」

「何よっ、なんなのよっ！」

「あのね、落ち着いて聞いてね。マイカは日本に帰りたいんだよね？」

「当たり前じゃない。こんな文明の遅れてる世界なんてもううんざり」

「うん。でもね、もう帰れないの」

「帰れるわよ！　あんたが生贄《いけにえ》になれば！」

「ううん。帰れないの。僕はここでリオと生きていくから。もちろん、他の人を生贄《いけにえ》になんてしちゃ駄目だよ」

「嫌よ！　あんたが生贄《いけにえ》になりなさいよ」

あー、糞苛《くそいら》つく。シズカの首筋に鼻を埋めて、耳元で殺して良いか問う。

「りお、駄目。マイカも、無理」

「だから、あんたのせいだって言ってるじゃない！　あんたの部屋で、あんたの下が光った。紋章みたいなのが流行《はや》ってたゲームとそっくりだったから……あんたが主人公になってちやほやされるなんて……嫌だったのよ！　あんたは一生私の下僕として生きていけば良いの！　一生私に痛め付けられれば良いのよ！」

思わず力の籠《こも》った腕をシズカが優しく撫《な》で、頬に口づけを贈られる。……はぁ、可愛い。落ち着いてって瞳が語っている。

「うん。ごめん。無理なの。マイカ、今選んで？　王子様たちのところへ行くか、国に頭を下げて聖女としてまた頑張るか。……マイカの好きなところへは行かせられない」

堂々と、そして淡々と話すシズカにもう無理だと悟ったのか、女がぶるぶると震える姿はただただ気持ち悪い。

「ロイドはどこにいるのよ？」

「馬鹿王子たちは記憶消して五日前に国外追放」

「はぁ？　何してるのよ！　そんなのとどうやって暮らせって言うの⁉　金がないなら意味ないじゃない……！」

「んじゃ糞聖女《くそせいじょ》一択で」

「不細工に身体を触れられるのは嫌よ！」

めんどくせぇ。気持ちわりぃ。

「あぁッ、もう嫌っ！　本当に、不幸だわ。こんな人生なんて……そうだ！　私の記憶も消してよ！　シズカのことなんて覚えていたくない。もう忘れたい。それで他国の裕福なイケメンに保護してもらうの。それでいいでしょう⁉」

「……マイカ」

駄目だとシズカが答える前に、俺は了承する。

「りお……？」

「シズカはちょっとだけ部屋の外にいて？　俺のこと忘れられたら困る。可愛い子限定で、ここ出たらヤサのところへ行けるようになってるから」

あんたを記憶から消せるなんて清々《せいせい》すると高笑いする糞女《くそおんな》。そんな糞《くそ》にもきちんと別れの挨拶《あいさつ》をして、シズカは後ろから俺に抱き付く。

ふふ。精神操作無効の魔法とか……可愛すぎる。

対して、ぱたりとドアが閉まった途端に甘えた声を出す醜《みにく》い奴。吐きそう。

「口を開くな、黙れ」

魔法で口を閉じさせて、俺は女の眼前に移動した。

「お前の記憶は消さない。お前が消去を望んだから。そんで俺たちが住む国へお前が足を踏み入れたら頭が吹き飛ぶ魔法かけとく。真偽を確かめたいならご自由に。シズカに害を与えようとした時も然《しか》り。いいか、これはシズカの優しさだ。シズカがいなければお前など存在に値しない。……二度と顔を見せるな」

言うだけ言って、王子たちとはまた違う国の森の奥深くへ飛ばす。

身を寄せられるような裕福な相手？　身の程を知れ糞《くそ》が。

そうして、すぐにシズカのもとへ行く。

シズカはヤサやマリアとニコラスに抱き締められていた。メルロは肩から下りないし、元魔王をマオさんなんて呼んで可愛がっているし。

半身が可愛すぎて困る。


可愛いあの子を囲い込むには……重いくらい執着して、溺愛《できあい》して、魔法が使えなければならない。

メルロを飼って、麗《うるわ》しのエルフ様にもなれないといけない。

そして、可愛い可愛い半身を守るためならば、笑顔で嘘も吐《つ》けないといけない。

可愛いあの子を囲い込むのは、俺にしかできない。

可愛いあの子を囲い込めるのは、俺だけで良いのだ。

第五章

全てが落ち着いた頃、俺は森の中に小さなロッジ調の家を建てた。

一階は生活に必要なキッチンや水回り、ダイニングなどで、二階は寝室と風呂だけ。

そこでゆったりと暮らしているが、エルフの里にも拠点を作った。

それは、俺が元々していた魔法研究をするのに丁度良かったし、何より……シズカがパン屋をするのに都合が良かったのだ。

エルフの里に、半身として挨拶《あいさつ》をして回りたいと言い出したのはシズカ。そんなことはしなくても良いのだが、万が一に備《そな》えて顔を覚えてもらったほうが良いかと、俺は考え直す。

そして、マリアやヤサに手土産は何が良いか聞いたシズカが、いつものあのパンが良いとものすごい熱量で言われ、大量に配った。蔓《つる》で編んだ大きな籠《かご》に沢山のパンを詰めて、挨拶《あいさつ》を兼ねて配り歩いたシズカの姿は、綺麗なものが好きなエルフたちに〝可愛い〟を植え付ける。

可愛いシズカが作った可愛いメルロや羊を模したパンは大いに受け、連日森まで買いに来る始末。

二人の生活を乱されるのが嫌で、家で余裕がある時に作って、俺が里に行く時にシズカがついてくる形でマリアとパンを売ることにしたのだ。

エルフたちも弁《わきま》えて必要な会話しかしなくなったし、何故《なぜ》かあの時の御者二人が売りもののパンを食べながら店の横に座り込み睨《にら》みを聞かせてくれているものだから、助かっている。

謝礼として、珍しい植物や素材を渡しているが、いっそ護衛として二人を雇おうかと考えている。


そんなある日。

「……んん、りお、おはよう」

寝起きでふにゃりとしているシズカは変わらず可愛い。

「おはよ」

そのまま抱き寄せて、ごろごろと過ごす。

頬に手をやるとすり寄ってくるし、胸の中に埋めると頭をぐりぐりとしてくれる。

少しずつ覚醒《かくせい》していくのが可愛くて、いつもならここで手を出すのだが、今日は里へ行く日。

……はぁ、時間を止めたい。研究しよ。

「んー、起きる……！」

そう意気込んでから意を決したようにがばりと起き上がるシズカの額《ひたい》に、俺は触れるだけの口づけをして、一緒に一階へ下りた。

身支度を整えて、朝食をとって。

今は全てを自分たちでしている。シズカが洗濯物を両手で抱えて外へ行くのを見た俺は、追いかけて魔法で綺麗にした。

「あ。もー、今日はお洗濯したかったのに」

「悪い。でも、今日は里に行く日だろう？」

何故《なぜ》かシズカは洗濯や掃除などを魔法に頼らず自分でやりたがる。

「わあ、そうだった！　リオありがとう。明日はお洗濯しても良い？」

「もちろん良いが、何がそんなに楽しいんだ？　魔法のが楽だぞ？」

「え……？　……んっと、あのね、リオのシャツとかを手洗いするのはね、僕だけの特権というか……ね？　パートナーというか、家族というか、夫婦というか、伴侶というか……」

ごにょごにょと語尾が小さい声もきちんと聞こえる。

「あーもう、シズカが可愛いすぎて辛《つら》い」

「ふふっ。何それ」

「好きってこと」

「……僕も、好き」

朝だが。もう一度ベッドに戻りたい。一通り触れて舐《な》めて甘噛みしたい。

もう、今日は家に籠《こも》ろうと手を引くタイミングで、シズカはにっこりと笑って距離を取った。

「そろそろ出発の時間だよ……！」

溜め息を一つ。

最近、シズカは俺の扱いが上手くなったと、ヤサに言われたのを思い出す。

「はぁ、行くか」

行きたくないけど。

シズカが笑っているからなんでも良い。

里までは転移でも良いが、時間があれば一緒に歩く。疲れたら転移すれば良いし、数分でも隣を歩くのは楽しい。

「あ、見て？　木苺《きいちご》！　摘んでいっても良い？」

「ん。俺たちの土地だし、構わない」

プチプチと手際良く収穫するシズカの口へ、採れたての木苺《きいちご》を放り込む。

「んむっ、おいしぃ〜、はい、リオもあーん」

差し出された指ごと口へ含むと、頬を木苺《きいちご》色に染めて見上げるその姿が可愛くて可愛くて。

「んんッ……りお、ん、だめ」

気が付くと、唇を奪っていた。

「駄目？」

「だめ。ちゅう、だめ。ふぁッ」

止まれるわけがない。

「あー、瞳がとろんてして可愛い、心臓止まりそう」

「……何それ」

むぅ、と拗《す》ねたその顔は反則。

そろそろ怒られそうだから自粛する。今日はさっさと仕事を終わらせて、さっさと帰ろう。

「帰ったらちゅーして良い？」

「……だーめ」

「あー、もー、可愛い」

本当に。

「あのね、この木苺《きいちご》でジャム作ろうかな？　それとも生地に練り込んで焼こうかな？　リオはどっちが良い？」

「シズカが作ったものならなんでも食う。だが……確か、この木苺《きいちご》は加熱すると色が変わるやつだと思う」

「えぇ、……じゃあ、おばあちゃんに調理方法、相談してみるね」

「ん。また、昼に来る」

結局、店まで転移して、頬にキスして名残惜《なごりお》しいがシズカから離れた。

店を出るところで、シズカが駆け寄ってきて内緒話のような仕草をする。背伸びしたシズカの口元へ、俺は耳を傾けた。

「帰ったらちゅうと、……ぎゅうもして良いよ」

「して良いの？」

「……してほしいの」

そのまま俺の頬にチュッと軽くて柔らかい感触。

全く……この子には敵わない。

カランコロンとベルの音を鳴らしてドアを開けると、店の外まで香っていたパンの焼ける香りがぶわりと広がった。

シズカのパンは三種類。

メルパンとモコパンと日替わりパンである。

昼時は混雑しているが、マリアが微笑《ほほえ》み談笑しながら客たちを捌《さば》く。

この時間帯はシズカも注文を聞いて薄い紙袋に手際良く詰めている。真剣な眼差《まなざ》しが可愛い。

子育てを終えた里の女たちが真剣な顔で働くシズカを微笑《ほほえ》ましく眺めているのが気になるが……

悪意は一切なく贔屓《ひいき》にしてくれているのを感じるので、何も言えない。

これが男だったら何か言うけれど。シズカは俺の半身だと言って回りたい。

俺は混雑している店内の後ろで壁に寄りかかり、可愛くちょこまかと動くシズカを眺める。

こちらに気付いて、真顔からふわりと微笑《ほほえ》むのが好きだ。

知り合い以外には表情を強張《こわば》らせるシズカの柔らかい笑みに釣られて笑顔になるのは、俺だけではない。俺だけではないが、その表情を向けられるのは俺しかいないから、それで良いんだ。

「リオ！　お待たせ。お昼にしよ？」

昼過ぎに客が捌《さば》けた頃を見計らい、ドアを施錠してクローズの看板を出した。カーテンも閉めて、シズカのパン屋は閉店。

ニコラスも合流して、マリアとシズカと四人で食事をとる。

マリアが作ってくれたスープと、シズカが作ったパン。

俺のパンはいつだって俺の顔にしてくれるシズカが可愛い。ヤサとニコラスには共食いだと笑われるが、それこそシズカの顔だったら食えないで毎回収納してしまう。

「あのね、朝摘んだ木苺《きいちご》を少しメルさんにあげたらすごく喜んだの。一緒に来てたマオさんにもあげようとしてた。マオさんは何も食べないけど……」

まぁ、そうだろう。元魔王であるマオに、口や瞳はない。ふよふよ飛び回るだけ。

メルロといる時は俊敏な動きをする時もあるが……基本的にはふよふよだ。

「あいつ木苺《きいちご》も食うのか」

「ううん、どんぐりみたいに持ち歩いて、潰れてお腹《なか》の毛が汚れて、むいむいしてた」

「意味わからん」

「ふふ。でも可愛かったよ？」

「可愛いのはお前」

「もー、メルさんの話してるのに」

本当に、毎日可愛いが更新されていくのだから困る。

「悪い。それで？」

「開店まで時間がなかったから、魔法で綺麗にしてあげたの。そしたらね、『むむむむ！』ってちょっと怒ってた」

「意味わからん」

知性があると思っていたのだが。

「それがね、すっごく可愛かった……！」

いや、にこにこ笑っているシズカが何より可愛い。

「良かったな？」

「うん！」

よくわからないが、まぁ良い。シズカが可愛いから、良い。

今日は早めに売り切れたために店仕舞いも早かった。次の開店日の仕込みをして、シズカと一緒に帰る。

「何か欲しいものあるか？」

「んー、あ、お客様でね、今日は良い林檎《りんご》が手に入ったって言っていた方がいたの。林檎《りんご》売ってたら買いたいな」

「ん。青果店行こ。林檎《りんご》うさぎにして？」

「ふふ。いいよ」

手を繋いで、店主が言うには蜜たっぷりの林檎《りんご》を買って、スパイスの効いた串焼きやシズカの好きな野菜の惣菜も買い込む。

それを不思議そうな顔をして覗き込む可愛い子。

「リオ？　僕、ごはん作るよ？」

「作るのはまた明日な？」

腰を抱いて声をかけて自宅へ転移した。

「何かあったの？」

「何もないけど、いや、シズカが可愛すぎて困るけど……ちゅーしてぎゅーしたかっただけ」

「あ……、ぎゅ」

「ちゅーは？」

「……それはリオがして？」

そう言って、シズカがそっと目を閉じる。俺はベッドへ転移して、可愛い唇に食らい付いた。

「あッ、んんっ」

服を一枚ずつ脱がすのに合わせて羞恥《しゅうち》に染まるその頬が初《うぶ》で愛らしくて……堪《たま》らない。

「ん、や」

「やだ？」

「イヤじゃないの……おふろ、入りたい」

うるうるな瞳で見詰められて抗える奴なんていないだろう。

寝室の隣に風呂を作った自分を褒め称えながら、抱き上げて耳や頬に口づけを落としつつ歩いて移動した。

脱衣所で下ろして、俺も服を脱ごうとした直後、ボタンにかかるシズカの細い指。

「脱がしてくれるの？」

「脱がしたいの」

そう言ってチラリと流し目で視線を送り微笑《ほほえ》むシズカは、可愛いだけではなく妖艶《ようえん》で心臓が止まりそうだ。

「はぁ。鼻血出そ」

「もー、またそれ」

妖艶《ようえん》な表情から一変して、今度は無邪気な笑顔。

「これはこれで鼻血出そ」

「何それ。……はい、できたよ？　ちゅ」

シャツのボタンを外して、脱がせて、腹筋を撫《な》でて、キス。

「あー、もう、無理。すぐに突っ込みたくなるから煽《あお》らないで？　優しくしたい」

「……たまにはいいよ？」

ぷつりと何かが切れる音がした。それでも一応は紳士的に振る舞う自分の理性にエールを送る。

「優しく抱きたい」

優しく、ゆっくり味わいたい。ねちっこく攻め立てて、ぐずぐずにしたい。

だから、頑張れ俺の理性。


結論から言うと理性は頑張った。

今にも千切れそうな俺の理性は頑張った。

いや、もうぎりぎりだけど。

風呂に入った途端に無邪気な顔で「僕も洗いたい……」なんて言われ、試されてるとしか思えなかった。

「リオ、筋肉かっこいい」

「ん？」

「お腹《なか》、綺麗に割れてる……ずるい……」

「ふは！　ずるいとか、可愛い」

「うう、僕、ぺたんこだから羨《うらや》ましい」

「少しずつ肉を増やしていけば良い」

「うーん。それじゃあ、ぽよぽよになるよ？　触ってもいい？」

「あぁ、もちろん」

良い。良いが……試してんのか？

さっきまでの甘い雰囲気はなくなり、シズカは自分と俺の腹を比べている。

俺からしたら、その白い泡の中に浮き出る赤い実のほうが気になるし、触りたいが。

「んんっ」

「んー、ここ、可愛い。よく洗っとく」

「やぁ」

「あーもー、可愛い」

泡で滑りが良くなり、くりくりと刺激する。そこは更に色濃くぷっくりと腫《は》れて……うまそう。

「我慢できなくなるからパッと洗って、出よ？」

「んん」

聞いているのかいないのか、胸の頂《いただ》きを弄《いじ》っただけで、可愛い瞳がとろりと蕩《とろ》ける。

「ちょっとだけ、ここで味見しても良い？」

「んと……どうぞ？」

お湯をかけて泡を流し、俺はそこに吸い寄せられるように食い付いた。

「ああッ、ん」

片方は舌で転がして、もう片方は指先で摘まんで、軽く引く。くにくにと愛撫《あいぶ》するほどに硬くなる粒が愛《いと》おしい。

「ふぁッ、やあっ」

唇を離すと、ぽってりとした乳首が厭《いや》らしく視界に入った。シズカの表情も色っぽくてドキリと胸が鳴る。

片手はそのまま乳首を可愛がり、もう片方の手で、シズカの小さな穴をゆっくりと刺激した。そこはヒクヒクと期待していたかのように動く。

石鹸《せっけん》の滑りを借りて、皺《しわ》の一本一本が拡《ひろ》がるように、少しも痛い思いをさせないように指を侵入させる。始めこそキツかったものの、そこはもう受け入れるのが当たり前のように熱くうねっている。

「はぁ、やばい。早く入りたい」

「んん、いいよ？」

「まだ、駄目。もう少し解《ほぐ》させて」

怪我はさせたくない。それに、風呂場も良いけど、シズカの負担を考えてベッドに行きたい。

あー、でも、このまま解《ほぐ》して挿《い》れたい。

頭では悶々《もんもん》と考えながらも、シズカの良いところを重点的に攻める。

「やぁあっ、あ、あんッ！」

ぐちゅぐちゅと卑猥《ひわい》な音を立てている指をゆっくりと抜く。高く可愛い声が風呂場に反響した。

サッと泡を流して、シズカを抱いてすぐに寝室へ行こうとしたところに、待ったがかかる。

「どうした？」

「……少しだけ」

「ん？」

「少し、だけ、欲しい」

少しだけって、可愛すぎる。されるがままに座らされると、胡座《あぐら》をかいた俺の上に向かい合った状態で乗り上げてくる小悪魔シズカ。

「……少し、で良いの。ここで、したい」

少しと言わず、全部貰《もら》ってくれ。

「っあ、かたい、んあッ、……おっきいよぉ、んんッ」

目の前にハフハフと呼吸して、頬を真っ赤に染め、俺の性器に後ろ手を添えて、自分に入れようとしている可愛い子。

ぷくりと赤く腫《は》れた二つの実も、とろとろと透明な汁をこぼす小さな性器も、丸見えな可愛い子。

「鼻血出そ」

ちょっと、もう、無理。

添えられた手に自分の手を重ねて、ぱくぱくと懸命に呑み込もうとしているシズカの穴にバキバキに血管の浮き出たそれを捩《ね》じ込《こ》んだ。

「アぁぁぁーッ……！」

パタパタと俺の腹筋に飛び散るシズカの白濁。

「アッアッアッアッ！　も、いった、からぁッ！」

「無理無理無理。こんな可愛いことしておいて、止まれるわけない」

ズンズンと突き上げて、円を描くように腰を回して。その都度、可愛く啼《な》き声《ごえ》を上げるシズカが愛《いと》おしい。

「アッ、んあっ、ふ、も、だめぇ……！」

「ん。ごめん。一回出させて？」

一際大きくびくりと胸を反《そ》らせてシズカがまた射精する。その締め付けに耐えきれず、俺はそのまま中へ欲を吐き出した。

ハァハァと息を整えるシズカは未だにぴくぴくと腹を痙攣《けいれん》させている。

そこを撫《な》でると、きゅう、とまた締め付けられて……

「……りおぉ、おっきく、しないで……」

「無理だろ。こんな可愛い子に突っ込んでるのに。ってか、今のその台詞《せりふ》がもう、無理」

「やぁ、すこしだけっていったのに……かたいよぉ」

少しだけで済むと思っているシズカが悪い。

「んあッ、なんで、また、おっきくするの」

「……シズカも悪い。ベッド行こ？」

「……だっこ」

「ん。抜かないで行こ」

「やぁッ、……きもちよくて、死んじゃう……」

本当に、可愛いこの子は小悪魔すぎて、困る。


目が覚めて、床に落とされたぐちゃぐちゃなシーツやタオルに苦笑いした。完全に、ヤリすぎだ。

起こさないようにシズカからそっと離れて、いつものように魔法で綺麗にしようとして、やめた。

これを洗えるのは、俺だけの特権か。

シズカの言っていたことを実感する。

今日は洗濯でもしてみようか。外は快晴だし、すぐに乾くだろう。

起きてきたシズカに、洗濯の仕方をマリアに聞いたのがバレて真っ赤な顔で怒られるのは、この数時間後のこと。

番外編　我、魔王のマオぞ！

「――我、魔王のマオぞ！」

「は？」

それはとても急な出来事だった。

「……え。え、今、マオさんお話しした……？　えぇ！　リオ！　マオさんがお話しした！」

『ムムムムイッ！』

ハイ可愛い。驚いているシズカは変わらず可愛い。

森の中の小さな家で生活を始めてからも、シズカの可愛さは日に日に増した。

「あー、話したというより、姿も変化してるな」

「マオさん……すごい……」

ここで凄《すご》いと言えるのがシズカ。今は嫌な感じがしないとはいえ、一度は自分を捕まえて首輪を嵌《は》めベッドに繋ぎたいと言った奴なんだが。あー、思い出したら殺したくなってきた。

「消しとくか？」

「えぇっ！　駄目だよ！　マオさんはメルさんのお友だちだし、もう黒くないもの。綺麗な白いほわほわだったでしょう？　ね？　マオさんはもう意地悪しないよね？」

あれはシズカの中ではただの意地悪なのか……まぁ、害がなければシズカが決めれば良い。

「我は魔王のマオぞ。意地悪などもちろんするぞ！」

「……え、そうなの？　意地悪されたら嫌です」

『ムーイー』

「む。そうなのか……」

「マオさんの意地悪ってどんなことですか？」

「我は魔王だからな、朝食のパンを先に食べたり、メルの夜光草を黄色に染めたりするぞ！」

「わ！　メルさんは黄色の花びらが好きですもんね。マオさんは優しい魔王さまですね」

『ムイ』

「む。そう言えばメルは黄色が好きだったな。むむ。まぁ良いか。……ふぁ」

マオさんおねむみたいだからベッドを用意しないと……と箱を探してうろうろするシズカに気が抜ける。

「リオ、この林檎《りんご》が入っている木箱とこっちのブランケット使っても良い？」

「あぁ、良い。中の林檎《りんご》は出しておくか」

「うん！　丁度アップルパイを焼こうとしてたの」

「シズカのアップルパイ好き。シズカのほうが好きだけど」

「ぼくも、好き」

えへへ、とはにかみながらぎゅっと抱き付いてくれるシズカの髪は以前より伸びて一つに括《くく》れるようになった。揃《そろ》いの髪紐が嬉しい。

「我は魔王だからな、んむ、んん……あっぷるぱいも独《ひと》り占《じ》めするぞ……ふぁぁ」

「マオさんお目々が閉じそうですよ？　アップルパイは起きたら皆で食べましょうね。皆で食べたほうが何倍も美味《おい》しいです」

「ん……そうなのか。ならば、良いぞ…………んむむ……」

木箱にブランケットを敷き詰めて、シズカはそっと元魔王であるマオを抱き上げて寝かせる。トントンと胸を叩くと、すぴすぴと即寝。まじか……改めて、まじか。

「優しいマオさんで良かったぁ。白いほわほわな光のマオさんも可愛かったけど、この、小さな子鬼さんみたいなマオさんも可愛い」

子鬼はわからないが、褐色《かっしょく》の肌に小さな角と漆黒《しっこく》の翼《つばさ》……全身で三十センチくらいだ。魔力も感じないし、力もないだろうな。魔王だとは自覚しているのか……元だけど。

アップルパイを焼くと言うシズカに何かあれば転移しろとしつこく告げてから、俺はマリアとニコラスに声をかけてヤサを捜しに行くことにした。

「——害のあるようには見えんな。魔法もほぼほぼ使えんだろう」

「あぁ。これからもだと思うか？」

「おそらく。聖なる光を浴びて、空っぽになった魔王としての器《うつわ》に、その後も聖人であるシズカの魔力とステラリオの魔力を浴び続けて変化したのではないか？　話してみてどうだった？」

「クソ我儘《わがまま》な餓鬼《がき》って感じ。善悪の違いどころか、あいつの考える悪は悪戯《いたずら》程度」

「ぶは！　そりゃあ良い。お前さんの幼い頃より幾分もマシだのう、ステラリオ？」

「うっせぇ」

「メルロは警戒しているか？」

「いや、全然だな。木箱に潜《もぐ》り込《こ》んで一緒に昼寝してたし、俺やニコラスへの態度のほうが酷《ひど》い」

「ぶはは！　ならば心配はなかろうな。良き子育てをしてくれ」

「シズカが嬉しそうだからな、教育はしたい」

シズカを裏切らないように、シズカが悲しい思いをしないように。

「まぁ、赤子のようなものであるし気長にな。シズカは何してるんだ？」

「アップルパイ焼いてくれてる。ヤサには羊型にするって言ってた」

「なんと……！　可愛い孫だのう」

「保護者うぜぇ」

シズカにこづかいとメルロたちの寝床用に羊の毛玉を持ってくると言って一度自宅に戻るヤサを、見送った。

○○○

「マオさんマオさん。起きられますか？　アップルパイが焼けましたよ」

『ムイムイッ』

匂いに釣られたのか、モゾモゾと動く元魔王にシズカが優しく話しかける。

「ううう……たべるぞ……たべる……献上するのだ」

「マオさんはまだおねむですか？　皆で一緒に食べましょうね」

目を擦って起き上がり、元魔王はパタパタと羽を動かしてこちらへ向かってきた。

「マオさんは身体が小さいので、小さいものを沢山焼きました。ヤサさんはモコモコさんの形です！　他の皆はホールで焼いたので切って食べましょう」

マリアがカットして皿に載せて配ってくれるそのアップルパイは、こんがりと綺麗に焼けている。

「はい、これリオのね」

「あぁ、ありがとう」

ふわりと微笑《ほほえ》む表情は穏やかで、思わず腕を引いて膝に座らせた。シズカは頬を赤く染めて恥ずかしがる。

「あー、可愛い」

「恥ずかしいよ、下りる！」

「だーめ。椅子も足りないし、ここにいて？」

「そこのマオより駄々《だだ》っ子《こ》ではないか。シズカ、マオと一緒にステラリオも躾《しつ》けねば。叱《しか》っても良いのだぞ」

うぜぇことを言っているヤサは無視して、俺は腕をシズカの腹に回しその首筋に顔を埋めた。

「ふふっ、くすぐったいよ」

「可愛いのが悪い」

「もー、リオ、メッだよ？」

「……それはクるな」

こう……下半身に。可愛すぎる。

「何それ」

微笑《ほほえ》みながら背後の俺を見上げてくるシズカの前髪は、以前渡した髪留めで留められているし、痣《あざ》や傷はもう目立たない。以前に比べれば少しふっくらしたとも思う。……まだまだ細いが。

久しぶりに「メッ」と怒られたのが懐《なつ》かしくて、出逢った頃を思い出した。

「――我はあっぷるぱいがたべたいぞ！」

「わ！　マオさん待っていてくれたんですか？　ごめんなさい。どうぞ」

「んぬ！　みなでたべると美味《おい》しいとシズカが言った！　たべようぞ！」

「あらあら、可愛いわぁ。偉いわねぇ」

元魔王に思考を邪魔されるが、マリアはよしよしとその頭を撫《な》でながら目尻を下げる。シズカも首を縦に振って同意した。

「そうだろう！　我は魔王のマオぞ！　えらいのだ！　……うまいな！」

元魔王は小さなアップルパイを両手で持ってザクザクと齧《かじ》る。

「おい、お前は魔王のマオではなくて元魔王のマオな？」

「んぬ！」

「わかってんのかよ……」

「ふふっ、可愛い」

「お前のほうが一億倍可愛い」

立ち上がってポロポロとパイをこぼす元魔王の口元を拭《ぬぐ》ってテーブルを拭《ふ》くシズカ。またシズカを引き寄せて今度は隣に座らせ、俺はテーブルを魔法で綺麗にした。

「一緒に食お。シズカが作ってくれたから目茶苦茶うまい」

「うん、ありがとう。美味《おい》しくできたみたいで嬉しい」

頰を赤くした林檎《りんご》みたいなシズカとの生活は幸せで穏やかで充実していて、シズカと出逢う前の自分は偽物であったかのように感じる。


「――シズカは働きすぎ。片付けは俺がやるから」

「僕がやりたくてやってるから良いんだよ？　こんなの働くに入らない」

「俺もしたくてやるの。シズカは片付け中ぎゅってしてて」

「ぎゅ」

後ろにシズカを抱き付かせて皿洗い。魔法でもできるのに、触れ合っている時間が嬉しくてわざとゆっくりと片付けるのはいつものこと。皆が帰って、やっと二人きりなのだ。

「リオだいすき」

「俺も愛してる」

背中にぎゅっとしながら好きだと伝えられるのもいつものこと。背中に抱き付くと顔が見られないので、恥ずかしいのが和《やわ》らぐらしい。

「あー、可愛すぎて鼻血出る」

「もー、またそれ。大丈夫、出てないよ？」

一応確認してくれるシズカが愛《いと》おしい。背伸びして、俺の頬に手を添え覗き込むその唇にキス。何度しても慣れなくて、瞼《まぶた》をぎゅっと閉じるのが堪《たま》らない。

「んんっ、はぁ」

「シズカ、あの元魔王のことは予想ができないからなぁ。何かあったらどうする？」

はふはふと息継ぎをしながらとろりとした瞳を向けられる。

「転移します」

「どこに？」

「ここに」

ぎゅ、と呟《つぶや》きながら腕の中で頭をぐりぐり。

「あー、百点満点。可愛さは一億点」

「んん……」

「はよ。身体は大丈夫か？」

「んー、寝てたぁ……」

あの後、一億点の可愛さに思わずベッドへ移動してシズカを抱き潰してしまった。

いやだって、あれはシズカも悪い。「ちゅうするの……すき」なんてキスの合間に呟《つぶや》かれたら、それはもう無理だ。

今日は休みで、最近はヤサの研究の手伝いをしていたから、皆でゆっくりアップルパイを食べるだなんて久しぶりだった。俺はシズカがいれば良いが、シズカには保護者であるじーさんばーさんが必要だ。俺も人の国ではヤサたちにかなり世話になったと自覚している。

そんな保護者たちに構われて幸せそうに微笑《ほほえ》むシズカのためなら、二人きりの時間が減っても我慢できる。……まぁ、正直、嫌だけど。

ふにゃりと力が抜けたシズカを仰向《あおむ》けの自分に乗せて抱き締める。

「僕、最近、体重が増えたし重いでしょう？」

「いや、全然。腰痛い？」

「……すこし」

恥ずかしいのか、もぞもぞと毛布に潜《もぐ》るシズカを毛布ごと抱え込んだ。ふぁっと可愛いあくびが聞こえる。

「このまま寝る？　腹減らねぇ？」

「んん、今、何時？」

「十九時」

「寝すぎました……」

毛布に潜《もぐ》っているせいで、籠《こも》った声での返事。

「腰は魔法で治癒することにして、久しぶりに夜のピクニックをしませんか？」

シズカが敬語だったから、こちらも敬語で返す。声も麗《うるわ》しのエルフ様時代の感じにしたからか、ぴょこりと毛布から顔を出す可愛い子と目が合った。

「……もぉ～！」

小首を傾《かし》げてふわりと優しい微笑《ほほえ》みを贈ると、シズカはジタバタと悶《もだ》える。

「シズカは相変わらずこれ好きな？」

「ううう……リオは綺麗すぎる……」

その瞬間、シズカの身体がほわりと白く輝いた。

「ピクニック行きたい！　ましゅまろ焼きます」

元気なシズカの目元は先程泣かせすぎたからか、まだ赤らんでいる。

そっと目元にキスをしながら治癒をして、俺はその手を取ってベッドから抜け出した。

ダイニングに置いた林檎《りんご》の木箱に羊の毛玉を敷き詰めて、そこで眠るマオとメルロ。

「ぐっすりだからお留守番のほうが良いかな？」

「ん、そのまま寝かせといて。俺も二人が良い」

今は森に住んでいるから外へ行くだけ。起きたら勝手に来るだろ。

マシュマロやシズカの焼いたアップルパイの余り、それにパンやチーズを適当に籠《かご》に詰める。

「あ！　リオ、それ僕、持っていきたいな」

そう言われると思って、瓶詰めのジャムやココアを作るための水と小鍋は別の籠《かご》へ入れておいた。

「重くないか？」

「うん、大丈夫」

敷物と厚手の毛布も持って扉を開ける。

見渡す限りの月見草。柔らかい光の月見草はメルロのためにシズカが増やした。良質な魔力があるからか、よく育った月見草の花畑はいつ見ても圧巻。

何度も庭で食事をしたり茶を飲んだりしているので、焚き火台は置いたまま。薪《まき》を足して魔法で火をつけると、淡い光の中にシズカの顔が赤く浮かび上がる。

「綺麗だね」

「お前がな？」

「綺麗はリオの代名詞だよ？」

「まぁ、否定はしねぇけど」

エルフなんて皆、似たりよったりな綺麗な顔だけどな？　シズカが好きな顔ならこの顔に生まれて良かったと感謝する。

「シズカ、ここ」

外で食事をするのが好きなシズカだけど、椅子は置いていない。俺の胡座《あぐら》の上にちょこりと座るシズカと一緒に毛布に包まれるのが好きなのだ。ぺったりと背中を預けてくれるのは至福の一言。

「毛布に包まれてあったかいね」

「ん。至上の幸福」

「ふは！　そんなに？」

あー、いつもの微笑《ほほえ》みも良いけど、噴き出すような笑顔も当たり前に可愛い。

「シズカといると常に至上の幸福が更新される」

「うん、それは僕もだよ」

シズカの顔は焚き火に当てられて赤いのか、照れて赤いのか。断然、後者だろうな。

「かーわい」

「……マシュマロ焼きます」

「一緒に焼きましょう？」

後ろからこめかみにキス。

「もうっ……ドキドキするから普通に話して……」

「いつもの俺のほうが好き？」

「……どっちもすき」

あー、心臓《しんぞう》が煩《うるさ》い。

静かで美しい空間に、時折パチパチと炎が跳ねる。ココアに焼いたマシュマロを載せて両手でマグカップを持つシズカをただただ抱き締める時間……この時間が永遠に続けば良いのに。

「寒くねぇ？」

「ふふ。大丈夫、あったかいよ」

シズカが寒くないかが心配で、先程から何度も聞いている。その度に笑って返事をしてくれるのが嬉しい。

「パンを炙《あぶ》ってー、チーズもとろとろにしてのっけてー、ハムものせてー、ん、できた。リオの好きなハムチーズパン！」

身体を小さく揺らして不思議なリズムを取りながらシズカが作ってくれたのは、俺が以前うまいと連呼したもの。シズカが作る食事は大抵がうまいのだが。

作る過程での動きが可愛すぎるから、異空間に収納しておくべきだな。

「りーお！　ちゃんと食べてね？」

……ジト目で見られたら食べるしかない。

「うまい。シズカが作ってくれたから更にうまい」

「リオってばそればっかり。でも、ありがとう」

サラサラな髪を撫《な》で付《つ》けて自分用の珈琲《コーヒー》を飲みながら、俺は幸せな時間を過ごした。

○○○

「――シズカちゃん、メルパンみっつ！」

「はい！　メルパンが三つですね」

いつも通りシズカがパン屋をオープンする日。俺は昼前には店内へ入り、入り口近くの壁を背にして目を光らせる。

「ねぇ、このパンは新作？」

「んぬ！　それはシズカが作ってくれた我のパンぞ！　うまいぞ！　いっちばんうまい！」

『ムームー！』

「マオさん、メルさんのパンも美味《おい》しいですよ？」

元魔王が大口を開けてシズカから直々《じきじき》にパンを口に入れてもらっている。

「んぬ！　メルパンもうまいな！」

『ムイッ！』

「そうでしょう？　メルパンはクリームが入っているし、マオパンはチョコレート。どれも違う見た目と中身だけど、全部美味《おい》しいんです」

「シズカはかしこいな！」

「そうですか？　ありがとうございます。ふふ、メルさんもマオさんも可愛いです」

よしよしと元魔王の頭を撫《な》でるシズカの瞳は慈愛に満ちている。あー、可愛い。

「それでこの子はどこの子なの？　ステラリオの愛が重すぎてシズカちゃん……産んだ？」

何、聞いてんだこいつらは。

「えぇっ！　そんなわけないです。僕は男だから産めません。この子は白いほわほわだったマオさんです」

「あらそうなの？　あの激重ステラリオはいつかそういう魔法を創り出すんじゃないかって噂されてるのよ。でも、あの綿毛みたいだった子がねぇ……お手伝い、偉いわねぇ」

なんだそのしょうもない噂は。シズカがいれば他はいらねぇ。

「んぬ！　我はよいこだからな！　お手伝いくらいできるぞ！」

「はい。マオさんはとっても良い子な元魔王さんです。もちろんメルさんもとっても良い子なメルロさんです」

げんなりとした気持ちが、にこにこと笑うシズカを見て昇華される。

「シズカちゃん、親みたいねぇ。可愛いわぁ」

「親とは何か！」

「家族で……マオちゃんを産んでくれた人よ。お父さんとお母さん」

「シズカは我の親か？」

「えっと……」

シズカは困ったようにキョロキョロする。俺を視界に入れると、ホッとしたように息を吐いた。

「シズカはお前やメルロの親ではない。産んでねぇし、養子でもない。俺の半身」

嘘は言わないほうが良い。それに、魔族なんて元々血縁なんて気にしないだろ。

「あ！　でも、家族だと思っているし、親だと思ってくれて良いんだよ？」

「そうか！　シズカと家族か……良いな！　………我は父と母にも会いたいぞ！」

「……え？　マオさんご両親、いるの？」

「いるぞ！　思い出した！　我を生み出したのが親であろう！」

げんなり。無理だろ。

いるかもわからない元魔王であるマオの親とか……ヤバイ奴でしかない。

「お前の前の魔王か？」

「んぬ！　我は元魔王のマオぞ！　そうだった気がするな！」

「……リオ」

あぁ、会わせたいって顔をしている。

無理だろ……こいつは生まれたばかりで糞女《くそおんな》を喰おうとしていたし、簡単にシズカを捕らえた。

そのマオの親。こいつが生まれて即魔王になったということは、弱っているのだろうが……今、魔王の治める国がどうなっているか情報はない。

「愛するシズカのお願いでも、無理だ」

「うん、ごめんなさい」

頭の良いシズカのことだから、ちゃんとわかっていると思う。謝ってほしいわけではないのに、悲しい顔もさせたくないのに。それでも危険な目に遭《あ》う可能性は少しでも潰しておきたい。

「あらあら、どうしたの？」

シズカの手が止まったからか、後ろからマリアが出てくる。

「おばあちゃん。あの、僕が我《わ》が儘《まま》言っちゃって……」

「我《わ》が儘《まま》じゃない。シズカが優しいだけ」

別に我《わ》が儘《まま》でもなんでもない。優しいシズカがマオを気にかけただけだ。

「あらまぁ、おばあちゃん、孫に我《わ》が儘《まま》言われるのが夢だったのよ。今度はおばあちゃんにも我《わ》が儘《まま》言ってね？　……ちょっと二人でお話ししてきなさいな。ね！」

「でも……」

「大丈夫よぉ。可愛くてお利口さんなメルちゃんとマオちゃんがいるもの」

「んぬ！　我はおりこうさんぞ！　シズカ行ってくるがよい！」

いや、お前のことでこうなってんだよ。

思わず言いかけるが、シズカに嫌われたくはないから、手を引いて店の裏へ行った。

「リオ、あの、ごめんなさい」

「違う。シズカが謝ることは何一つない」

きゅっと自分の手を自分で握って謝るシズカの両手を取る。

「でも……迂闊《うかつ》だった。マオさんに家族がいるとしたら、それはすごく強い魔族さんだもんね……」

「ん。そこをわかってくれていれば良い。そもそも現在、魔王が存在するのかもわからないし、シズカ、マオを倒すのに聖なる力を使って何日目覚めなかったか覚えてるか？」

そして、その身体をそっと抱き寄せた。

「……うん」

「もうあんな思いはしたくない」

「うん……ごめんなさい。逆の立場だったらって考えたら、僕もすごく怖い」

本当に怖い。このまま起きなかったらと思うと怖くて怖くて仕方がなかった。呼吸の仕方もわからなくなったくらいだ。

「それにな、マオは親だと言っているが、魔族だからな？　今のマオはきっと向こうからしたらなんの感情も湧かない存在だ」

魔力があるならまだしも、無駄に綺麗な魂《たましい》になってしまったしな。

「無感情……そっか。それは悲しいね。マオさんとお話ししてみるね」

「俺も行く」

手を繋いで店に戻ると、パンは売り切れ。

「ランチにしましょう？」

マリアといつの間にか来ていたニコラスに促《うなが》されて自宅へ戻った。

「それでですね、マオさん……」

「んぬ！」

「話し合いの結果、ご両親がいるかわからないのに魔族さんが沢山いるところに行くのは危険だという結論に至りまして……」

ダイニングテーブルで向かい合って真剣に話すシズカ。

ちなみに、マオは小さいのでテーブルの上に小さな椅子を置いてそこに座っている。これはパンを買いに来てマオを見た奴が適当に作って持ってきたやつだが……シズカが人形と話しているようで可愛らしく、とても良い。

「我には父と母はいないのか……」

「いないってわけじゃなくて……んと、いるのかわからないんです」

「我は父と母に会いたいぞ」

「……はい」

「父と母は我に会いたくはないのか？」

「そこがわからなくてですね……」

二人でうんうんと悩んで、顔を伏せる。

「ステラリオの両親はどこにいる？」

「あ？　俺んとこは半身に出逢う前に魔力が多い二人でくっついて俺が生まれて、母親に半身が現れてどこか行った。父親はどこかにいるだろ」

「どこかとな！　面白いな！」

いや別に面白くねぇし。それよりシズカが窺《うかが》うようにこちらを見ている。全く悲しくも寂しくもない子供時代だったから心配しないでほしい。

「どちらにしても魔力量が多すぎて里に預けられたから、特に感傷的になったことはない。育ての親はヤサだし、そんな暇はなかった」

「ん。小さなリオも見てみたかったなぁ」

「ぶは！　シズカ、こやつはのう、クソ生意気なガキであったぞ」

いつの間に来たのか、ヤサがドカリと椅子に座る。こいつ当たり前のように飯を食いに来すぎなんだが。

「うるせぇ」

俺に愛想も愛嬌《あいきょう》もないのは昔からだ。

「シズカの父と母はどこにおる！」

「んと、僕の両親は遠いところにいるから、もう会えないんですよ」

「んぬ！　会いにはゆかぬのか！」

「うーん……というか僕は会いたくないというかですね……うぅ、マオさんの夢は壊したくないし……りお……」

このなんと言ったら良いかわからずに俺を頼るの、最高だと思う。

「シズカの生い立ちじゃ、親を好きになれないのも帰りたくないのも普通の感情。気にしなくて良い」

そう言ってやると、シズカは意思を固めるようにこくりと頷《うなず》く。

「あのですね、マオさん」

「んぬ」

「僕は父にも母にも愛されてはいませんでした。なので、産んでもらって育ててもらえた恩はあっても、この先、会いたいとは思いません」

「シズカはなぜ愛されていなかったのだ！　んぬぅっ……！　我は元魔王のマオぞ！　いたいぞ！」

あまりにもデリカシーがない元魔王にげんなり。俺はビシリとその額《ひたい》を突《つつ》いた。元魔王は涙目だ。

はぁ。シズカが可愛がってなかったら一瞬で炭にしていた。むしろ、したい。シズカの悲しむ顔なんてこの先一秒も見たくない。なのに、俺が非難される屈辱。

「わわっ！　マオさん大丈夫ですか？　リオ、小さい子には優しくしないと、だよ？」

小さい子って……そいつ元魔王なんだが。

「大人げないのう、ステラリオ」

にやにやと笑みを浮かべるのは、もちろんヤサ。

「はぁ……おい、ここでシズカと暮らしたいのなら、シズカを傷つけるようなことを言うな」

俺の忠告に、元魔王は両手で額《ひたい》を押さえて困惑する。

「我はシズカをかなしくさせたのか？」

ぺたぺたとテーブルを歩いて、シズカの手に自分の手を乗せた。

あぁ、テーブルマナーもメルロのほうが利口なんだが。

「ふふ、マオさん、テーブルの上は歩きませんよ。でもそのテーブルに椅子を載せてしまったのは僕なので……マオさんの脚の長い椅子もつくりましょうね」

「んぬ。シズカすまない……」

ぽろぽろと涙を流すこいつはもう魔族ではない。それ故《ゆえ》に連れていったところで……となるだろう。

「大丈夫ですよ。でも、リオの言う通り、この先、不用意な言葉で誰かを傷つけてしまうことがあるかもしれません。僕と一緒にお勉強しましょう」

「んぬ。すまぬ」

「先程マオさんが僕に聞いた、何故《なぜ》、愛されていなかったという質問の答えを僕は知りません。生まれた時から身体が弱くて、疎《うと》まれていたので。ですので、もしも会いに行ったとしても歓迎されません。わ、泣かないでください。僕は悲しくも寂しくもありませんよ？」

「んぬ……んぬ……」

「リオがいますから。半身であるリオと出逢えて、愛されて、愛することができて……今とても幸せです。もちろんおじいちゃん、おばあちゃんやヤサさん。メルさんと……マオさんがいてくれるのもあります。家族がいて、今とても幸せです」

きゅっと手を繋ぐと、シズカはこちらを見上げてふわりと微笑《ほほえ》む。

あぁ、俺も出逢えて、愛することができて、愛されて、幸せだ。

「我も家族で良いのか」

「マオさんは白いほわほわさんの時から僕の大切な家族です。魔王さんの時は痛くしてごめんなさい」

シズカは何も悪くねぇのに、涙を沢山溜めて謝る。

「んぬ、気にするな！　身体は痛かったが、それよりもシズカの放った光は重くて苦しかった我の中をすっと軽くしたのだ。今はとてもあたたかな気持ちぞ！」

「そっか。じゃあ仲直りの握手です」

仲直りって、喧嘩じゃねぇんだから。国一つ救って、その時には敵だった相手と家族になってんの、本当にシズカらしい。人差し指一本で握手してるし。

「我は……我も……シズカのように優しくなりたいぞ」

「僕は特に優しくはないですけど、僕も優しい人が好きだし、そうなりたいです。一緒に頑張りましょう」

いやシズカ以上に優しい奴は見たことがない。

「んぬ！　我は頑張るぞ」

「あらあら、お話は纏《まと》まったかしら？　それじゃあランチにしましょうね！　今日はチキンスープとシズカちゃんのパンにサラダよぉ。足りない方にはローストポークもありますからね」

絶妙なタイミングでテキパキと食事を用意するマリア。出されたそばから両手で掴んでガツガツと大口開けて平らげるマオ。早急にマオの教育が必要だな。

「シズカ、マオの家具やカトラリーなんか見に行かねぇ？　服も」

そう誘うと、パアッとシズカの表情が明るくなった。あー、可愛いしデートもできるな。幸せ。

シズカもやっと慣れてきたエルフの里を、隣り合って歩く。

まずは家具屋に行って小さくて脚の長い椅子を依頼する。

「あの……！　落ちないようにテーブルにここの肘置きがくっつくと良いと思うんですけど、どうですか？」

「あぁっ！　良いな！　テーブルの高さは？」

「あ……高さ測るの、忘れちゃいました……」

しょんぼりするシズカは可愛いでしかない。

「メモしてきた」

紙を渡すと途端に嬉しそうに微笑《ほほえ》む。

「ありがとう、リオ」

「ん」

自宅やパン屋の家具もこの家具屋に頼んでいたせいか、色や形はすんなりと決まり、出来上がり次第、届けてもらうように頼む。

「次はお洋服かな？」

「だな。シズカの服も新調しよ」

「僕のは沢山あるからいらないよ？」

シズカは自分のものを買おうとしないので、服屋に一緒に行くのは久しぶり。勝手に見繕《みつくろ》うと着てはくれるが、できれば好みのものを贈りたい。俺にとってはマオの服よりシズカの服を買うほうが重要である。

話しながらカランコロンと軽い音を立てる扉を開けて中へ入る。迎えてくれるのはいつもの店員だ。

「いらっしゃい、どうぞー。あぁ、なんだ、ステラリオか」

「なんだとはなんだ」

「私は可愛いシズカちゃんが好きなのよ。エルフ特有の綺麗な顔はしているけど、貴方は好みじゃないわ。でも、まぁ、貴方が来るってことはシズカちゃんのお洋服だろうから、最高級品を買っていきなさい」

この女は煩《うるさ》い。とにかく、煩《うるさ》いのだ。だがエルフの里ではこの店が一番良い物を取《と》り揃《そろ》えているから仕方がない。半身がいる身にとって危険もないしな。

「こんにちは」

「はい、こんにちはー。って、あらやだ！　シズカちゃんいたのね！　もう！　ステラリオ、ちゃんと言ってよね……！」

俺の後ろからそろりと顔を出して挨拶《あいさつ》するこの子は良い子すぎる。

「今日はどうしたの？　何が必要？　お洋服よね⁉　これとかこれなんかが新作でね、シズカちゃんに似合うと思っていたのよ！」

こいつの圧が強いから押されてはいるが、シズカはしっかりと俺の前に出て店員を見上げた。

「シャルカさんこんにちは。今日は小さな家族が増えたのでお洋服のお願いに来ました」

「家族……？」

「白いほわほわだったマオさんわかりますか？　あの子が小さな人型になりまして……それで、翼《つばさ》が生えていて飛べるんです」

このくらいの大きさで……翼《つばさ》を出す穴が……と話すシズカの説明を聞きながら、店員――シャルカはすぐにスケッチブックを取り出してガリガリ描き始める。

「小さいわね」

「小さいんです。お願いできますか？」

「当たり前じゃない！　小さくて可愛い子は大好きよ！　サイズはざっとでも魔法でなんとかなるだろうけど……翼《つばさ》の穴はちゃんと測りたいわね。連れてこれる？」

「今日は食べ疲れて寝てしまって……明日でも良いですか？」

「えぇ。デザインだけ考えておくわ。とりあえず五着くらいでいい？」

聞かれて、シズカは頷《うなず》く。

「明日、リオがお仕事の時に一緒についてきても良い？」

「転移で帰るなら、で良いか？」

「うん！　ちゃんと転移します」

明日も会えるわぁ、と笑顔のシャルカ。

「次はシズカちゃんのお洋服かしら？」

「あ、ごめんなさい。僕は先日リオから贈られた服が沢山あるので……」

「いや、あれは薄手だったから厚手のものが必要だ。……シャルカ」

声をかけると、彼女は小走りで両手いっぱいに服を抱えて持ってくる。

「ノルマはマオと同じ枚数な？」

「いらないよ？　沢山貰《もら》ってる」

「これから寒くなるから、厚手の服は必要よ？　それに……あ、この黒地に銀糸の外套《がいとう》はどう？

シズカちゃんの艶《つや》やかな黒髪とステラリオの悔しいけど綺麗な銀髪のようで綺麗でしょう？」

シンプルなデザインのそれは、確かにシズカに似合いそうだ。何よりお互いの髪の色というのが気に入った。

「俺の髪はシズカが手入れしてくれているからな」

「惚気《のろけ》はいらないわ」

俺の髪と同じ色と言われて悩むシズカ。

「それ、シズカ用にフードを付けられるか？」

「もちろん」

「んじゃ銀ボタンもつけて」

「あら、良いわね」

「リオ！」

勉強家なシズカは物価や市場も勉強している。焦《あせ》ったように袖を引かれるが、気にせず俺はその艶《つや》やかな髪を撫《な》でた。

「俺のはフードはいらないから襟つけといて」

「あら、お揃《そろ》い？　悔しいけどお似合いでしょうね！　銀ボタンは？」

「あー……シズカ、俺のはどういうのが合うと思う？」

「お揃《そろ》い……」

嬉しい、と呟《つぶや》いてシャルカが開いた装飾の見本を選ぶシズカは、文句なしに可愛い。

外套《がいとう》を頼み、最後には楽しげなシズカを見られた。外套《がいとう》以外に揃《そろ》いのものも買えたし、満足だ。

「もうお買い物終わりかな？」

「そうだな、生活必需品は買ったから、あとは届くのを待つだけ」

無意識だろうか、繋いだ手が前後に振られた。

「えっと、じゃあね、行きたいところがあります！」

下から窺《うかが》い見《み》るように、大きな瞳が嬉しそうに輝く。

森など人があまりいないところ以外は外出したがらないシズカからの誘いに、俺は驚いた。

「もちろん。どこ？」

「ふふ、内緒だよ」

断るはずもなく、手を引かれるままについていく。

「内緒……シズカから内緒……しぬ。本気で死ぬ」

「えぇっ、もー。あ、ここかな」

「死ぬ死ぬ」言い続ける俺に、繋いだ手をきゅっきゅっと握るシズカはくすくすと笑った。

「ここ」と言われて示されたのは、一軒の、魔石を使った道具や宝飾品の店。

俺が怪訝《けげん》な顔で立ち止まったからか、背中を押される。

「こんにちはっ」

「おう、来たか」

ここの店主であるエルフのくせしてゴツくて熊みたいな男が、シズカに気軽に話しかけた。それを見て、俺の眉間に皺《しわ》が寄る。

「なんだ、半身に話してないのか？」

「サプライズです！」

「目茶苦茶真顔で見られてるんだが。おい、ステラリオやめろ。見るな。お前が静かに切れると怖《こえ》えんだよ」

まぁ、こいつも半身がいるし、良いだろう。俺は目を細めて静かに笑みを送る。

「……ぎゅ」

後ろから頬を赤く染めたシズカが抱き付いてきて、我に返った。

「微笑《ほほえ》むリオ、綺麗すぎる……」

「いや、あれは絶対零度の瞳だろう？　視力悪いんか？」

「目は良いほうです！　普段のリオはカッコ良くて、もちろん綺麗なんですけど、ああやって微笑《ほほえ》むのは美しすぎて……」

あー、可愛い。思わず抱き付く腕を背中から外して正面から抱き寄せ、形の良い額《ひたい》にキス。

「おい、イチャつきに来たのか？」

「……いえ、ごめんなさい」

「ふざけんな。イチャつきに来たんだよ、文句あるか？」

「大ありだわ」

あわあわとしているシズカの手を握って横並びになる。

呆れたように溜め息を吐《つ》く店主は、工房の硝子棚《ガラスだな》に置かれていた小さな箱をシズカに渡した。

「ほら、できたぞ」

シズカは何を買ったのだろうか？　欲しいものなら俺に言えば、なんでも用意するのに。

「あのね、ご夫婦でいつもメルパンを買いに来てくれてて、その時に魔石とか宝石の加工をしてるって聞いてね、お願いしてたの。パン屋さんの売上と魔力を買い取ってもらっているから、そのお金で……」

代金は払っていると言うシズカは、その箱を大切そうに持っていたバッグへしまう。

「んと、ありがとうございました」

そして、ぺこりと律儀にお辞儀をした。

「おう、またパン買いに行くわ。中身、確認しなくても良いのか？」

「デザインは見せてもらいましたし、大丈夫です。一緒に見ます」

再度お辞儀をしたシズカに手を引かれて店を出る。

「まだ内緒？」

「もうちょっとだけ、内緒」

シーッと人差し指を口元で立てるのは可愛いでしかないが、気になる。気になりすぎて死ぬ。

「あのね、この先に花畑があるみたいなんだけど、そこに行っても良い？」

「ん。歩くか？」

「歩きたいな。リオとこうやって手を繋いで歩くの好き」

「俺も好き」

俺とお前と二人きりの世界になれば良いのに。そうしたらずっと二人だけでくっついていられる。

暫《しばら》く歩いて着いたところは一面真っ白な花畑。シズカがいなけりゃ散歩なんてしないから、初めて見た。

「わぁ、まっしろ……綺麗。リオ、花畑似合う」

「いや、お前だろ。シズカが花の精にしか見えねぇ」

「ふふ、何それ」

花畑で笑う可愛い子。本当に花の精だな。

「リオ、あのね、これ」

シズカが先程の小箱を出してそっと蓋《ふた》を開け、中を見せてくれる。

「指輪？」

「うん。僕のいたところでは半身っていうのはなかったんだけど、結婚する時に誓いをたてて指輪を交換するんだよ」

「どんな誓いなんだ？」

「僕もなんとなくのフレーズしか知らないんだけどね……？　病《や》める時も健《すこ》やかなる時も、悲しみの時も喜びの時も、貧しき時も富める時も、死が二人を分かつまで、命の続く限り愛し続けることを誓います。たぶん、こんな感じ。……指輪、貰《もら》ってくれる？」

情けないことに驚きすぎてすぐに言葉が出ず、視線を合わせたまま頷《うなず》く。

そっと左手を取られ、薬指に嵌《は》められる指輪——銀色の台座にきらりと輝く透明の魔石と寄り添うように並ぶ小さな黒曜石。

「この透明の魔石はリオが魔力を込めたら銀色に輝くって言われたよ」

そう言われ、即、魔力を込めた。外套《がいとう》と同じ銀と黒、俺とシズカの色。

俺は小さなほうの指輪を手に取って、同じくシズカの左手薬指に嵌《は》める。

「……きれい」

手を空に掲《かか》げ、光を浴びて更に輝く指輪を色んな角度から見上げるシズカ。

「シズカ、ありがとう。出逢ってくれて感謝してる。俺の大切な半身」

両手を取って唇にキス。嬉しくて、心臓が騒がしい。

「どんな時も一緒にいよう。命を懸《か》けて誓うから、死が二人を分かつ時まで傍《そば》にいて」

「ん。ずっと一緒にいる。ひゃっ」

人がいないのを良いことに、何度も何度も唇にキスを贈る。

あー、止まらない。腕の中の可愛い子が大切で愛《いと》おしい。

死が二人を分かつ時まで――良い言葉だ。

俺はシズカがこの世からいなくなるなら、一緒にいなくなる。出逢う前は半身なんて必要ないと思っていたのに、出逢ってからは半身がいると幸せで、こんなにも辛《つら》いものだったのか、と驚いた。

愛しすぎてシズカの過去の環境に苛立《いらだ》つし、何もしてやれなかったことが腹立たしい。それなのに出逢えたのは幸せで、その過去がなかったら出逢えていなかったかもしれないのが辛《つら》い。

「……ん、りお。すき。だいすき」

キスの合間に囁《ささや》くように呟《つぶや》かれて、我慢できるわけがなかった。

「――んんッ、ふぁ、りおぉ、どこ？」

「ん、家の寝室。悪い、花畑から転移した」

またデートしよう、そう伝えたいのに、ガキのようにがっつく。

「アッ、んんっ、ふあッ……」

舌を絡め合ったまま、そっと生成《きな》りのシャツのボタンを外した。一度離れて脱がせれば良いのに、少しの隙間《すきま》も作りたくなくて、シズカの舌を強引に引き出して甘噛みする。

「んむうっ……！」

飲み込みきれずにぽたりと糸を引いて落ちる涎《よだれ》すら愛《いと》おしい。

俺は気にしないけれど、シズカはシャワーを浴びたがるからクリーン魔法を使って身体を綺麗にした。

「……んん、りお……するの？」

まだ昼間……と困惑顔のシズカ。

「したい。今すぐシズカと一つになりたい。良いか？」

「ちょっと、明るいよ……恥ずかしい」

こんな時には、溢《あふ》れるほどある魔力が役に立つ。防音代わりの結界と、部屋に暗闇を。

「これで良い？　やめとく？」

無理やりして嫌われるくらいなら我慢できる。……たぶん。

「……りおの、ばか」

中途半端《はんぱ》に脱がされたシャツからは、白い肌に咲く薄紅色の二つの果実が見えている。

すりっと膝を合わせているのは、反応しているせいか。キスだけで反応するなんて、とてつもなく可愛い。まぁ、愛する半身に触れていたらそれだけで勃《た》つわな。

「……わらわないで」

「ハイ可愛い」

「僕だって、男だから仕方がないの……」

「ハイ可愛い。いや、わかる。同じ男だしな？　我慢は身体に悪い」

片手で下穿《したば》きの上からそこを擦ってやると、ぴくぴくとシズカの身体が跳ねた。

「やぁ」

「嫌？」

あぁ、こんな時に瞳をうるうるさせて見上げないでほしい。優しく時間をかけて愛したいのに。

「本当に可愛い」

「もっと……くっついてて？」

「あー、鼻血出そ」

素肌でシズカを抱き寄せ、鎖骨に舌を這《は》わせて、赤い花を咲かせる。

「やだ……だめ……きもちいい……」とうわ言のように言葉を発するシズカ。繋いだその左手には指輪が輝く。

「愛してる」

「んん……ぼくも」

毎晩のように交わされるフレーズ。

何度言葉にして伝えても足りないくらいだ。

このまま時が止まれば良いのにと願うのもいつものこと。

深く深く愛して、俺たちは微睡《まどろ》みの中に溶けていった。

○○○

マオの家具や服が届いて、シズカと俺の外套《がいとう》も出来上がった。

揃《そろ》いの外套《がいとう》を着込まなければ外へ出るのも厳しい季節がやってくる。

左手薬指には変わらず揃《そろ》いの指輪が輝いていて、毎日のように空へ掲《かか》げて光の反射を楽しむシズ力を見るのが俺の楽しみ。

マオへの教育もきちんとしている。シズカが家族と言い切る以上、家族の一員としてしっかりと自覚を持たせたい。何も勉学に励《はげ》めと言っているわけではない。シズカの家族として恥ずかしくないように、悲しませないように、魔族にはないこちらの常識を叩き込んだ。

だが、代わり映えのない穏やかな日々はそう続かない。最初は本当に些細《ささい》な出来事――

「いってぇ。蛇《へび》か何かに噛まれた」

その日。ニコラスがそう言って、治癒しろと足を差し出した。

「あ？　蛇《へび》？　んなもんいるわけなくね？　ここにはシズカがいるんだ。俺がシズカに害をなす生物を結界内に入れるとでも？」

場所は俺たちの家がある森のど真ん中。蛇《へび》くらいいそうだが、俺がそれを許すわけがない。

「知らねぇよ。とりあえず治癒してくれ」

確かに小さな赤い穴が横並びに二つ開いていた。危ないからシズカは外出禁止にしなくては。俺はニコラスを治癒した後、結界を張り直して赤い傷がなくなったのを確認する。

「すげぇ痛かったぞ。しっかり結界を見直しとけ」

シズカやマリアに何かあったら大変だと話すニコラスも異変に気付いているはずだ。蛇《へび》のようなものに噛まれたと言うが、姿形は見ていない。そんなことあるか……？　ニコラスは長年生きていて少しのことでは動じない。その彼がすぐに足下を見たというのに何もいないのは有り得なかった。

暫《しばら》くは俺もシズカも家から出るなと言い残して自宅へ戻るニコラスを、俺は見送った。

その晩から熱を出したニコラス。

治癒魔法は辛《かろ》うじて効くが数時間もせずに、熱がぶり返す。魔法が効いている時間の間隔もどんどん短くなった。

妖精族でもこんなことあり得るのか？　不死とは言わないが、長寿すぎて病気なんかしない妖精族だぞ？　何かがおかしい。

一緒に見舞いに来たシズカも不安そうな顔をしていた。

「おじいちゃん……」

「あらあら、おばあちゃんは孫とミルク粥《がゆ》を作るのが夢だったのよ。シズカちゃん、一緒に作りましょう？」

「シズカ、作ってやってくれ」

こんな時でもマリアが最優先なニコラスに、瞳に涙を溜めているシズカが笑う。

「ううん、おばあちゃんはおじいちゃんについていて？　僕、一人でミルク粥《がゆ》を作るのが夢だったの」

ニコラスの手を握り続けるマリアに、いつも彼女が口にするようなセリフを告げて笑ってキッチンへ行くシズカ。

カチャカチャと鍋を取り出すその身体を後ろから抱き締める。

「おじいちゃん……大丈夫かな？」

「ん。ヤサもこっち来るっていうし、あんまり心配しないで良い。でも暫《しばら》くはパン屋はなしな？　なるべく家の中にいて」

「うん、それはもちろん。……心配は、する。リオも一緒にミルク粥《がゆ》、作ろう？」

「ん」

悲しげなシズカを見るのは辛《つら》い。ニコラスの好きなシナモンを鍋へぶち込んで振り向いたシズカが、にこりと笑みを向けてくれた。

「あのね、おじいちゃんの足……リオは何か見える？」

「普通のジジイの足にしか見えない」

「もー、違くて。何かね、黒くもやもやってして見えるの。気のせいかもしれないけど……」

結界に潜《もぐ》り込《こ》んでくるのなんて上位の魔獣か魔族くらいだとわかっていた。が、そんなの信じたくなかったのだ。面倒くせぇ。

「マオは？」

「んぬ……見えるな！」

「わ！　マオさんいつからいたんですか？　びっくりしました」

「んぬ！　我は元魔王だからな、名前を呼ばれたらわかるぞ！　すぐ来るからシズカも何かあったら呼べばよい！」

「凄《すご》いです。何もなくても呼んでも良いですか？」

「よいぞ！　マオと名を呼ばれるのはすきぞ！」

シズカに撫《な》でられて嬉しそうなマオ。そして、やはり見えるらしい。

そんなふうに嫌なことは続いた。

ニコラスに木苺《きいちご》を食べさせたいと外へ出たマリアが、何かに腕を噛まれたのだ。

「おばあちゃん、孫にお見舞いに来てもらうのが夢だったのよ。シズカちゃん、後でお見舞いに来てくれる？」

マリアもやはり高熱で、シズカは治癒魔法を使い続けている。

「シズカ、使いすぎは両者……マリアやニコラスの身体にも負担がかかるぞ」

見回りから戻ると、そう言ってシズカはヤサに止められていた。身体を壊しそうで、俺も何度か同じように伝えたのだが……俺がいない間にこっそり治癒を続けていたのだ。

「シズカ、約束」

「う……ん、ごめんなさい」

「心配なのはわかるけど、こいつら妖精族だから、なかなか死ねねぇからな？」

「そうよう。私たちは死にたいと願ってからが長いんだから。おばあちゃん、孫に泣かれるのは夢じゃないわぁ」

「はい」

シクシクと涙を流すのを抱き上げて、シズカのために用意したベッドへ押し込んだ。魔法を長時間使いすぎていたからか、すんなりと眠る。その頬へキスをして、隣に横になった直後、コンコンと控えめなノック音がする。

「我は話があるのだが」

俺は溜め息を一つ吐《つ》いて、シズカを起こさぬようにそっと立ち上がった。

扉を開けると、マオとヤサが揃《そろ》っている。

「すまぬ」

最初に口を開いたのはマオだ。

「何が？」

起こすのは可哀想だが別室へ行く気にはならず、シズカが眠るベッドから距離を取る。

「我がここにいるといけない。良くないことが起きる」

「お前、んぬんぬ言わなくても話せるのな」

そっちのほうが驚きなんだが。

「我はシズカに可愛いと言ってもらうのが好きだ。名を呼ばれるのも」

あー、確かに「マオさんのお返事可愛い」って言ってたわ。シズカのほうが可愛いけど。

「我は魔王のマオぞ。お前の教育とやらで色々思い出した。我は生まれたての魔王で、ヒトなど魔力のために喰うものであった。シズカの妹だって喰おうとした。だが、もう我の心に黒いモヤはない。ステラリオ、我はどうしたらよい？」

いや、俺の教育の意味がなさすぎる。全く身についていない。

「まず、お前は魔王ではない、元が抜けてる。そんでヒトを魔力のために喰うのはまぁ、魔族であったらしゃあない。ヒトだって俺たちエルフだって獣の肉は食う。糞女《くそおんな》は食っておいてほしかった、本気で。だが、お前は元魔王であって現魔王でも現魔族でもない。ここまでわかるか？」

こくりと頷《うなず》くマオ。

「俺はシズカ中心で生きている」

「知っているぞ」

「そのシズカがお前を家族として可愛がっている」

「嬉しいぞ！」

「何かうぜぇ……だから、シズカがお前を家族と決めたなら、俺の家族でも、ある」

シズカがメルロやマオを家族だと決めた。なら俺に異論はない。

……シズカの涙はあんなに可愛くてあんなに心が締め付けられるのに、こいつの涙には何も感じねぇな。

「前に、シズカが俺を守ってくれるなら俺もシズカの大切なものを守ってやるって約束した、しゃあないからお前も守る」

俺は指に嵌《はま》った寄り添う二つの石をそっと撫《な》でる。

「ステラリオ……成長したのう」

ずっと静かに聞いていたのに、そこでぶはっと噴き出すヤサ。

「うるせぇ。……はぁ、どうするのが得策かだよな」

シズカとマオには見える黒いモヤ。その正体はなんだ？

「あの黒いのはな、濁った魔力の塊《かたまり》みたいなものぞ！　きっと、ここに我がいて、我を浄化したものと一緒にいるので興味を引いたのだろうな。良くないものが送り込まれた」

「解決策は？」

「我がここからいなくなるか、現魔王を倒すか、現魔王との和解だろうな。あと……」

「あと？」

「あの黒いモヤはシズカの治癒ではなく、我を消した魔法で消しされると思うぞ！」

「聖魔法か。使わせたくねぇ」

マオを消した後に数日に亘《わた》って、シズカは意識が戻らなかったんだ。もうあんな思いはしたくない。

「普段は普通の魔法を使っているだろう？　最大出力にしなければいけると思うが」

「シズカ全力でやりそう。無理。アドリブかましそうだし」

視界の端で可愛い子の影が動くのに気が付いてゆっくりと近づき、にっこり微笑《ほほえ》んでやった。

「シズカ？　おはようございます。こっそりとどちらへ？」

「もー……ずるい」

赤く染まった頬にぷくりと空気を入れてずるいと言うシズカ。

「勝手にやろうとするのは感心しないですね？」

「う……ごめんなさい」

耳元で告げると、身体をびくりと動かす。

「こらステラリオ、シズカをいじめるな。シズカもな、勝手に聖魔法を使おうとするな、何があるかわからんのだから」

ヤサにも注意されて、シズカはしょんぼりした。

「はい。リオごめんね」

「ん、我が儘《まま》一つ言わないシズカが悪戯《いたずら》っ子《こ》みたいなことをするようになったのは嬉しい。でも自身の身体や心に関係することは相談してほしい。心配する」

「身体が勝手に動いて……ごめんなさい。あの……」

やって良いか、うずうずとしているのだろう。マリアとニコラスを助けたいのだ。

どうしたら良いのかはまだ決められないが、シズカが家族と認めた者は俺の家族でもある。

「無理しないって約束」

「はい！　無理しません……！　マオさん、一緒に行きましょう？」

ヤサの肩あたりからシズカを見詰めていたマオをシズカが呼ぶ。

「んぬ……」

「僕は先程、注意されましたが、マオさんも勝手にどこかへ行ったら駄目ですよ？」

「んぬ」

「マオさんがいなくなったら僕、泣いちゃいます。約束です」

「んぬ！　シズカを泣かせたりはしないぞ！」

「ふふ。やっぱりマオさんは優しい元魔王さんです」

よしよしと撫《な》でられて嬉しそうなマオに、溜め息を吐《つ》く。さて、どうすれば良いか。

『――ムムムムムッ』

皆でマリアとニコラスの寝室に戻ると、マリアは寝転んだままメルロに花びらをあげようとしているし、メルロはそれを拒否してムムムッと唸《うな》りながら風を送っていた。

冷やしているつもりだろうか？　こいつは元から賢《かしこ》いが、今は毎日毎日夜光草を食べているから、更に賢《かしこ》い。

「マリア！　我が代わろうぞ！」

「あらぁ、マオちゃんは優しい子ねぇ。メルちゃんも私たちを気遣って全然食べてくれないのよ」

こいつは常にマリアやシズカから花びらを貰《もら》っていたから、家の中では勝手には食わない。外では可能な限り頬に詰め込むけど。

「おばあちゃん、魔法で黒いモヤモヤ取ってみるね」

シズカがマリアの腕に手を伸ばす。マリアは首を横に振った。

「ニコラスを先にしてくれる？　私より早く熱を出してるからその分、辛《つら》いはずよ」

マリアの意を汲《く》んだシズカは隣のニコラスのもとへ。

「マリアを先にしてくれ。可哀想だろう」

その言葉にこくりと頷《うなず》いて、シズカは再びマリアへ顔を向ける。すると、また首を横に振られた。

「よし！　じゃあ二人同時に……！」

「無理。一人ずつな？」

慌てて止めて、後ろから抱き締める。

「辛《つら》そうだったら無理にでも止めるからな」

「はい、あのさ、聖なる光よってやれば良いかな？」

以前のことを思い出しているのか俯《うつむ》く顔を、俺は優しく上げさせた。

「いや、声に出さなくてもいけると思うが……やってみ？」

「じゃあ、やっぱり先に噛まれたおじいちゃんからいきます」

不毛な争いだと気が付いたのか、今度は二人とも大人しい。

シズカはニコラスの足元に座り、両手を黒いモヤがあるらしい場所に当てる。

「マオさん、ここであってますか？」

「んぬ！　あっておるぞ」

目を閉じて、きっと心の中で聖魔法を唱えているのだろう。口がむにゅむにゅと動くのが可愛い。

「おおっ……！　身体の怠《だる》さが急になくなったぞ！　シズカ、ありがとうなぁ」

「わ！　良かったぁ……次はおばあちゃんです！」

シズカの様子は大丈夫そうではあるが……一応、その身体を確認した。

「魔力がなくなった感じはするか？　痛いところやおかしなところは？」

「ないよ、大丈夫。ふふ、心配しないで？」

額《ひたい》に触れたり腕を擦ったり。心配しない、は無理だ。心配しすぎて禿《は》げそう。

「おばあちゃん、腕に触れるね」

シズカは先程と同じように聖魔法で浄化……なのか？　の魔法をかけた。黒いモヤだったらしいものは以前のマオの時のように白いモヤになって散っていく。ふわふわと漂《ただよ》うそれからは、もう悪い気は感じなかった。

「おわり？」

「おばあちゃん、孫に優しくされて幸せよ」

「……良かったぁっ」

ぽとりと一つ涙が落ち、そこから箍《たが》が外れたようにわんわんと涙を流すシズカ。俺はその身体を強く抱き締めた。

「おじいちゃんとおばあちゃんが死んじゃったらどうしようかと思ったたっ……！」

『ムイッ！』

「もう、ぼく、どうしようかとっ……」

こんなにはっきり感情を出すシズカは初めてで、抱き締めて、背中をさする。シズカは苦しそうに胸を上下させていた。

「うあぁぁ……！　我も！　我も哀しいぞ！　死ぬな！」

いやもう死なねぇし。こっちはこっちでつられて泣き出すマオ。

「やだ……もう、私も泣いちゃうわぁ。本当にありがとうねぇ」

ハンカチ片手に目元を押さえるマリアとそんなマリアに寄り添うニコラス。

いや、シズカ以外、泣いても全く可愛くねぇ。

シズカは俺の腕の中から出て、よたよたとマリアの腕の中に収まった。頭を撫《な》でられ手を握られ、やっと一息吐《つ》く。マオとメルロも二人の周りで騒いでいるし……

「お、どうした、ステラリオ」

「なんか飯作るわ。栄養あるもの食え。肉とか」

「……やだわぁ、おばあちゃん感動しちゃう。ステラリオ様がこんな……気遣い……」

やめろ、俺が普段何もしないみたいに。お前らは妖精族、そうそう体調を崩さない、何かあったら治癒すれば済んでいたし。

「んっ、りお……ぼくも……つくる」

「大丈夫。シズカは二人を見てて」

こんなに泣いているのに、相変わらずシズカは健気《けなげ》で優しい。家族だから良いかと、マリアたちにこの場を託して、俺はキッチンへ向かった。

「えらいのう、ステラリオ」

「お前はパンを焼け」

俺も休みたいと駄々《だだ》を捏《こ》ねるジジイだけを引っ張って連れていく。

「シズカはあんなに泣いて……可愛いのう」

「あぁ」

シズカが可愛いのなんて当たり前だ。

「まぁ、とりあえずは良かったわな」

「あぁ」

幼い頃から知っている二人が無事で良かった。

頭をぐしゃぐしゃに撫《な》で回《まわ》すヤサの手を、俺は叩き落とした。


「シズカちゃん寝ちゃったわぁ」

湯気のたつスープを運ぶと、シズカはマリアの腕の中で眠っていた。

「今日はずっと泣いていたからな。さっきも即寝だったのにすぐに起こしてしまったし、寝室に寝かせてくる」

「私たちはもう大丈夫だから、シズカちゃんについていてあげてくださいね。ステラリオ様がお隣に寝ていれば朝までぐっすりよ」

「あぁ、悪い」

ヤサに視線を送ると、頷《うなず》いてくれた。

俺はシズカを抱き上げてベッドまで運ぶ。そして、涙の跡が残る顔をそっと拭《ふ》いて、抱き締めたまま横になった。

このままではいけない。シズカの聖魔法がなければ生活できないなんてことにしてはいけない。

ならばどうすれば良い？　……答えは決まってはいるが、やりたくはなかった。

一夜明けて、驚くほど元気に回復している二人と久しぶりに一緒の食卓へついた。

「むかつくからぶん殴りに行きたいわぁ」

「ステラリオ、マリアがこう言っているんだ、連れていってくれ」

マオから聞いた話と一緒に状況を説明した後、開口一番にそう言われ、呆れる。

「いや、頭おかしい」

おかしいだろ。あんな高熱を出して寝込んでいたのに、どうしてそうなる。

「ステラリオ様が今、仰《おっしゃ》ったのよ？　このままここにいても危険なだけだって。マオちゃんはもう家族だし、どこかに逃げるのも意味がないなら、もうぶん殴りに行きましょうよ」

魔王を殴れると思っているのがすげぇ。

確かに、ここはもう危険であるとは言った。隠蔽《いんぺい》をかけてどこかへ逃げてもどうせそのうち見つかるとも。シズカの聖魔法に頼った生活はしたくないとも宣言していた。

だが、何故《なぜ》そうなる？　いや、直接こちらから魔王のもとに出向くのが一番手っ取り早いと考えてはいたが、それは俺が行くのであってお前たちではない。

「我は父と母に会いたいぞ！」

いやもうそれは無理だろ。友好的ではないのが証明されたばかりなんだが。

「マリアとニコラスにしたことを謝らせねばならないからな！」

謝れって言って謝るくらいなら最初からやらねぇって。

「とりあえず、俺が行くからお前らは待機」

そう言い切ると、隣に座っているシズカがそっと俺の左手薬指の指輪へ触れた。

「死が二人を分かつまで、どんな時も傍《そば》にいるって約束したよ？」

にっこり。

てっきりまた泣かれると思っていた。だから、今回は泣かれても折れないと決めていたのだ。なのに、笑顔。

「どんな時も一緒にいようって命を懸《か》けて誓うって言ってくれたもの。……あの誓いが嘘じゃないなら置いていかないよね？」

嘘ではない。そんなわけない。

だが、危険な目には遭《あ》わせたくない。

きゅっと俺の左手を握るその手が、僅《わず》かに震えていることに気が付いた。

「……嘘だったの？」

「んなわけない」

「じゃあ、僕もぶんなぐりたい」

シズカの口から物騒な言葉が飛び出て、思わず噴き出す。

「リオ、死が二人を分かつ時までどんな時も一緒にいるんだよ」

「あぁ、悪い。じゃあ、あれだな。もしも死ぬようなことになったら一緒に死んでくれ」

「もちろん。どんな時でもリオの腕の中に行くからね」

なんて嬉しいことを言ってくれるのだろう。

「じゃあ、僕が一緒に行くので、おじいちゃんとおばあちゃんは病《や》み上《あ》がりですし、お留守番お願

「いします……！」

「あらまぁ、嫌だわぁ。私は孫と旅行しながらマオちゃんとメルちゃんのお世話をするのが夢だったのよ。それに、あんなに痛い思いをさせた奴をぶん殴りたいのよ」

あぁ、前もこんなことがあったと思わず遠い目になる。それにしてもぶん殴るのに拘《こだわ》るな。

「マリアの夢は俺の夢だ」

「んぬ！　もちろん我も行くぞ！」

『ムイムイッ！』

「リオ、いざという時は僕が皆を転移させるよ」

転移は得意だと胸を張るシズカが可愛い。基本、俺の腕の中までしか転移しないのに、可愛い。

「あー、ならヤサも連れていくか」

「年寄りを大事にせぬか。だが、まぁ今回は行くかの」

魔獣についての研究は一段落して次は魔族の研究をしたいと思っていた、と髭《ひげ》を撫《な》でるヤサは一人、余裕の表情。

「このメンバーならそうそう死なんだろう」

俺も死ぬ気はないし、シズカを死なせる気もしない。

マリアがせっかくの旅行だから色々と用意したいと言い出した。

断じて旅行ではないが、もう反論するのも疲れたというのが本心だ。

「ステラリオ様、馬車は？　馬車は使いますか？」

「あー、転移で勝手に国を跨《また》ぐのは禁じられているからな。面倒くせぇ」

人の国にいた頃は一応、許可を取っていた。だが、今は麗《うるわ》しのエルフ様でもなければ、人の国のために何かしてやることもない。

とはいえ、自分とシズカくらいならバレずに移動できそうだが今回は大所帯。交流のない国を通ることもあるし、これで何かエルフの里に迷惑がかかったらそれはそれで面倒だ……

「ま、転移で国を跨《また》がなきゃ良いわけだからな。国境付近だけは馬車使うか」

「まぁ！　それは楽しみですね！　おやつを拵《こしら》えないと」

キャッキャッとはしゃぐマリアを見て嬉しそうなシズカ。

「あのね、僕も戦えるように頑張るね！」

「ふは、頑張らなくて良い。シズカは後方支援な？」

どう考えても近距離戦向きではないのに、シズカは手をグッと握る。言っていた通りぶん殴る練習だろうか。シュッシュッと言いながら右手を動かしていた。その手にメルロが乗っているのがまた笑える。

『ムイッムイッムイッ』

真似するメルロも笑えるが、お前は普通に近距離戦向きだから前へ出てほしい。というか、出ろ。

「リオは近距離戦？　向き？」

「あー」

「ステラリオはな、でっかい魔法をぶっ放すぞ。幼い頃は何度魔法を暴発させたか。いざとなった

の自分を犠牲にしようとするから……無理はしないでって言っているのに、そんなことができるか。

シズカがどんな時も腕の中に来てくれるって言っているのに、そんなことができるか。

「幼い頃は力の弱い魔法が苦手だったが、今はもう大丈夫。大切で愛《いと》おしい半身がいるんだ、無理はしない」

「ふふ、何それ」

「……ぎゅ。僕もリオが大切だよ」

「あー、可愛い。魔族やら魔王やらにやられる気はしないけど、シズカには簡単に殺されそ」

「ふふ、何それ」

朝食は終わり、シズカと二人で片付けて、メルロの花を摘みに行く。

森の中でキラキラとシズカの魔法が輝いた。温かい。

「聖魔法で結界してみたよ。変じゃない？」

「ん。すげぇ心地良い。シズカに治癒してもらってるみたいに優しい感じがする」

「聖なる光よ、大好きな半身を守ってくださいってやってみたよ。守られてる？」

「すげぇ守られてる。でも、大好きな半身の前に自分のことも入れて？」

「あ、そっか！」

シズカはにこにこ。笑顔は可愛いけれど、こんな時にも笑顔を見せてくれるのは心配。

「怖くないか？」

「うん？　そうだね……怖い……気もする！」

「気もするって。無理はしないで？」

無理はしてないよ、とやっぱり笑顔。

「んっと、上手く言えないんだけど……さっきリオが死ぬようなことになったら一緒に死んでくれって言ってくれたでしょう？　そうしたらね、何か……安心して」

死ぬのに安心？　目線で話の続きを促《うなが》して、俺はそっとその手を握る。

「僕、元々身体が弱くて、喘息《ぜんそく》も酷《ひど》くて。苦しいし、死んじゃうって思っても死なないし、家族に疎《うと》まれて愛してもらえなくて悲しくて……でも死ぬ勇気はなくて。もちろん、今、死にたいとは思ってないよ、本当に。僕には大切な家族がいて、大好きなリオがいて。それだけでも充分に幸せなのに死ぬ時まで一緒にいれるだなんて、なんて幸せなんだろうって思うの。……なんか僕すっごい重いね？」

ごめんと言って、やっぱり笑うシズカ。

世間一般には重いのだろうか。俺的には嬉しい。半身と共に死ねるというのは、喜び以外の何ものでもないのだが。

「いや、俺も同じ。できれば共に永い年月を過ごしたいけど、どちらかが死ぬならその時に一緒に逝《い》きたい。同じような考えで嬉しい」

自分とシズカの命だったら迷わずシズカを守るけど、共に死んでくれるのならば共に逝《い》きたい。

「大好き」

「俺も、愛してる」

まぁ、死ぬ気はないけどな。

それでも、いつ終わりが来るかがわからないのが人生。「愛してる」は毎日言いたい。

そう伝えると、シズカはモジモジとした後、背伸びをして唇にキスしてくれた。

「僕も。……愛してるよ」

昼間からこんなに幸せで良いのだろうか。

毎日愛していると言って、毎日触れて、毎日繋がりたいと耳元で告げる。途端に、シズカは真っ赤に頬を染めた。

「リオのばか！　えっち！」

「だめ？」

「ばか！」

ぷんぷんと怒るシズカが可愛くて抱き寄せる。

「だめ？」

「リオのばか。……夜だけね？」

鼻血出そ。


やる気漲《みなぎ》るマリアとメルロ。やる気のないヤサとニコラス。んぬんぬうるせぇマオと、可愛い半身のシズカ。そんでそんな可愛い半身に溺《おぼ》れている俺。……ちなみにマオとメルロは朝が早く、騒いでいたからか昼寝中。

このメンツで、今朝早くに森の家を出て、エルフの里の端まで転移した。

この里は幻惑をかけて隠してあり、エルフは国を持たない。ひっそりと、自分たちの好きなことをして永い年月を生きている。

そこからは馬車で移動。御者は以前の二人が引き受けてくれた。……危なくなったら二人同時に一番に転移していいという条件だったけど、付き合わせているのだから当たり前だ。

「ハイ作戦会議。意見ある奴、どーぞ」

俺がそう言うとハイハイと手を上げるマリアに、嫌な予感しかしない。

「はい、私とニコラスに呪いをかけた魔族をぶん殴るわぁ」

「マリアがそう言うなら俺もそれが良いと思う」

この夫婦は本当にブレない。げんなり。

「俺はステラリオが遠くから魔王城に向けて特大の魔法攻撃をして、様子見が良いと思うのぅ。魔力切れを起こしたら置いて逃げよう」

いや、ヤサ、お前がやれ。

「うーん……マオさんのご両親がいらっしゃるなら、マオさんはお話ししたいと思う。お話しできるかな？」

優しく窺《うかが》うような顔のシズカはめちゃくちゃ可愛いが、無理。

「無理だったら二人で逃げような。逃げられなかったら腕の中に転移」

なんでシズカにしか返事をしないんだと文句を言われるが無視して、俺は隣に座っているシズカの腰を引き寄せた。揃《そろ》いの外套《がいとう》が嬉しくて肩に顔を埋めて深呼吸。耳が赤く染まっているのが可愛い。

「ってか、魔王城とか本当にあるのか？」

「あそこも一つの国だからな、あるぞ。人の国から搾取《さくしゅ》を繰り返す鬼畜《きちく》な国だ。この度、エルフを献上するという文を出して受け入れられたのも、納得だわな」

「だはは！」と笑うヤサには殺意しか湧かない。が、まぁ、こうでもしなければ近づけないのはわかっていた。

「……リオ」

「近づけたらこっちに手出ししないように契約……できなかったら、なんとかしよう。あとこれは俺も初耳。でも、このやり方が最短でぶん殴れそうだぞ？」

「ヤサさん……僕も行く」

「約束破るの？」

「無理無理無理」

「……無理じゃない。はぁ、好きすぎる」

にっこり笑顔のシズカ。可愛いのに笑顔が怖い。でも、常に一緒にいて最悪共に逝《い》こうと決めたとはいえ、いざとなったら躊躇《ちゅうちょ》するのは仕方がないだろう。

「お前らは離れてるより、くっついていたほうが良いだろう。なに、人になるのが得意な俺がシズカに力を貸してやる」

ヤサの得意な魔法は変身魔法。人に化けて神官長なんてものをしていた時も、誰にもエルフだとバレていなかった。

「シズカを猫にでもすんのか？」

「動物にするのはちと難しいのう」

自分にならできるのだが……とシズカの額《ひたい》に皺《しわ》くちゃな手を添える。

「エルフ？」

シズカの耳が俺やヤサのようなエルフ特有のものに変わり、艶《つや》やかな漆黒《しっこく》の髪が背中まで伸びた。

「すげぇ可愛い。このまま連れて帰りたい」

自分が変化したのに、シズカはキョロキョロと左右に視線を走らせている。

「ちょっと背も伸びた気がする……！」

立ち上がって嬉しそうに瞳を輝かせるシズカ。実際に立ち上がって見せてくれるが……

「身長は変わってないな」

「変えとらんぞ」

「そんな……」

両手で尖《とが》った耳をそろそろと触りつつしょんぼり。

「体格まで変わったら揃《そろ》いの外套《がいとう》や指輪が合わなくなる。それにしても可愛い。やっぱ髪が長いのも似合うな？」

サラサラとした長髪になったせいで髪紐が取れかけているから、後ろを向かせて一つに編んだ。

「あ、僕もリオの髪、後ろでみつあみにしたい」

「ん。ぜひやってくれ」

髪を結い合っているところに、突然、大きな声を出すマオ。うるせぇ。

「んぬぬぬ！　だだだだれじゃ！」

「あ、マオさん起きました？　僕です、シズカですよ。ヤサさんにエルフにしてもらいました！」

「んぬぬぬぬ……」

『ムムムッ！』

メルロはすぐに気付いてシズカの肩に乗ってムイムイ言う。対するマオは「んぬぬ」とシズカの周りをうろうろした。

「マオさん、エルフの僕は苦手ですか？」

「んぬ！　見た目は変わってもシズカはシズカであったぞ！　似合っている！」

その言葉にホッと一息吐《つ》いたシズカが俺を見上げて微笑《ほほえ》みかけてくる。俺はどきりとした。

「んぅ、麗《うるわ》しのエルフ様は難しいね？」

無邪気に笑うシズカはどのエルフよりも麗《うるわ》しい。


シズカは里の外へ出る機会が殆《ほとん》どない。まぁ、機会なんてものは作らせてないのだが……

そんなシズカのために初日は獣人の暮らす国を通ることにした。

獣人は人とは違ってなんでも匂いで判断するし、番《つがい》だと感じれば一直線。……脳筋が多く、好ましいと感じた者にはグイグイ来る。その辺が心配だと告げた時のヤサの顔は、「お前はなんなんだ？」と言いたげであって、とても心外だった。

人の国よりはマシそうだが、今のシズカは見た目がエルフ。可愛らしさに麗《うるわ》しさまで追加されて心配でしかない。

人数が多いとそれだけで目立つため、フードを被ったシズカと二人で街の探索とせっかくだから

と買い物に出た。

「リオ、あそこでお肉売ってる……あ、いちご飴《あめ》も……お金は同じ硬貨……？　あそこはパン屋さんかな？　良い匂い」

そわそわキョロキョロと辺りを見渡すシズカ。右手でしっかりと俺の左手を、空《あ》いた左手は俺の外套《がいとう》をキュッと握っている。好奇心はあるが不安もあるみたいだ。歩きにくくはないだろうか。抱き上げて移動したい。

いつの間にか口角を上げてその様子を見ていたからか、シズカは目が合った後に恥ずかしそうに視線を下げた。

「もー、一人ではしゃいで恥ずかしい」

「いや、可愛いだけだけど。歩きにくくないか？　抱き上げさせてくれる？」

「……駄目」

「ふは。尖《とが》った耳が真っ赤」

偽物の耳でもちゃんと苺色《いちごいろ》に染まっているのがフードから僅《わず》かに見える。ヤサすげぇな。

「あのね、みんな馬車でお留守番してくれてるでしょう？　お土産買って行こうね」

「ん。シズカの買いたいものを選べば良い」

「自信がないから一緒に選ぼう？」

繋いだ手を前後にゆるく揺らすシズカ。正直ただ馬車で留守番している奴らに土産とか意味がわからないが、シズカが可愛く一緒にとか言うから断る理由はない。

「皆、なんでも喜ぶと思うけど、そう言うなら一緒に選ぶか」

メルロとマオへの土産はすぐに決まった。

メルロには花屋で綺麗な黄色の花を数本注文。シズカはフードを深く被っているから顔はわからないが、店主のジジイは俺を見るなり「エルフだなんてご利益が～」などと言って色とりどりの花束を作り出した。いや、それメルロに食われるのだが。

貰《もら》えるものは貰《もら》えば良いかと口出しせずにいたせいか、手を繋いでいるシズカへのプレゼントだと思われらしく、リボンまで巻かれた。シズカの困惑がヒシヒシと伝わってくる。

「お客さん、こーんな色男の恋人がいて良いねぇ」

急に話しかけられて、ビクリと身体が跳ねたシズカ。繋いだ手をきゅっと握ってやると、ホッとした表情になる。

「んと、恋人ではなくて半身です！　お花ありがとうございます。とても綺麗で良い香りです」

「ん。俺たちはお前らみたいな獣人で言うと、運命の番《つがい》ってやつ。――シズカ、それ持つ」

最初に恋人という言葉を訂正する半身が愛《いと》おしくて、両手で花束を受け取ったシズカから花束を取り上げ手を繋ぎ直した。

「そうなのかい！　そりゃ悪かったねぇ。新婚ってやつかい？　じゃあこれもサービスだ」

差し出された真っ白の一本の花は可憐《かれん》で、シズカによく似合う。それをそっとフードの中の耳に。

「ありがと」

「ありがとうございます」

勝手に色々サービスされたけど、その分の料金も支払って花屋の店主へ礼を言ってその場を後にした。

マオへの土産は、あいつはなんでも食うけど果物が特に好きそうだから、果物を使った飴《あめ》にする。そこは店番が若い男で俺たちをジロジロと見てくるからつい睨《にら》み返《かえ》す。シズカは飴《あめ》に夢中だけど。

「やっぱりマオさんは身体もお口も小さいし、苺飴《いちごあめ》かな？」

「あー、だな。じゃあそれ三つで」

「みっつも？」

マオさんの健康に悪い気がする……と元魔王の健康を気にするのが面白い。

「シズカもこういうの好きだろ？　あと、マリアにあげたら揃《そろ》いのものを食べるのが夢だったとか言いそう。どうだ？」

「ふふ！　確かにおばあちゃんはそう言うね。僕の分もありがとう」

あー、笑ったら可愛い顔を隠していても意味がない。スッと通った鼻筋も小さめで形の良い唇も可愛い要素しかないのに、笑い声までだなんて。

「わ！　リオどうしたの？」

眼前の狼獣人の男がシズカの顔を覗こうと屈んだので、腰を引き寄せてフードを少し下へ引く。

「ん？　ただの独占欲」

「何それ」

もう少しフードを大きくしたほうが良かったな、あーでもこれ以上だと歩きにくいか。

「抱き上げて運んでも良い？」

「ふふっ！　またそれ？　駄目です」

「一緒に歩こう？」と見詰められたら断れない。

とりあえず花束も苺飴《いちごあめ》も異空間にしまって、シズカの所望に添って歩く。

「次はおじいちゃん！」と大きな瞳を左右に忙《せわ》しなく動かすシズカ。

「ねぇ、リオ？　おじいちゃんの好きなものってなんだろう」

「マリアしか思い浮かばねぇ」

「だよねぇ……」

俺が里に預けられた時から世話をやいてくれていた妖精族のマリアとニコラス。互いが好きすぎる二人。シズカと出逢うまでは、口には出さないがよく同じ相手で飽きねぇなと思っていた。妖精族は寿命が長いのもあって、半身に出逢っていなかった俺からしたら理解できなかったのだ。そんな俺に人生のパートナーを得ることがいかに大切かを滾々《こんこん》と語ってきたのは何年前だったか。

「そういえば稀《まれ》にヤサと酒を飲んでいるな」

「えぇっ、そうなの？　気が付かなかった」

「まぁ、偶《たま》にだが。ヤサも転移できるし普段は自宅に帰っているしな」

「夜とか？　リオは飲み会とかさ、沢山お酒飲んだりしないの？」

「あー、俺、酔ったりしないからなぁ。飲めないわけではないけど、すげぇうまいとも思わないし、食事の時にワイン一杯とかで良い。それにシズカの淹《い》れてくれる珈琲《コーヒー》のほうが好き」

それは本当。早朝に淹《い》れてくれる珈琲《コーヒー》とか、パンに合わせたカフェオレとか、そういうのを一緒に飲むほうがうまい。そう伝えても、なんだか気にしている顔。

「あの、僕の父はいつもお酒を飲んでたし、付き合いって言って朝までのこともあったたから。今まで気付かなかったけど、リオにも付き合いとかあったんじゃないかなって」

「いや、俺にそんなのあると思う？」

ないだろ。人の国は嫌いだし、エルフたちは自分の半身見つけてべったりになる。麗《うるわ》しのエルフ様時代は時折ヤサが押しかけてくるくらいだったな。

「うーん……今はいつも僕と一緒にいてくれるでしょう？　お友だちの話も聞かないし……」

「友人っていう友人はいねぇわ。……というよりな、俺たちは長寿の種族だからそんなマメに会わない。そりゃ騒いだり遊んだりが好きな奴もいるにはいるが、エルフってのは大体が半身第一。そんで割と静か。ヤサみたいに人の国で人に擬態して暮らすほうが珍しいからな」

「うーん。そっかぁ」

「そんなに気にするなら今度シズカが付き合って？」

シズカは見るからに酒に弱そう。こんな可愛い子が酔ってしなだれかかってくるとか、考えただけで滾《たぎ》るわ。獣人は酒好きが多いから、この辺りでは種類豊富な酒が売っているはず。甘くて可愛いやつを買っていこ。

「え？　……えぇ……？」

変なものは飲ませられないため、露店じゃなくて見るからに高級店だとわかる店へ手を引く。

「いらっしゃいませ」

綺麗な所作で頭を下げられ、俺は微笑《ほほえ》みを返した。

優しげに微笑《ほほえ》む金を持っていそうなエルフを見て満足そうにした店員は、隣のシズカに視線をずらし僅《わず》かに表情を固めた。目深《まぶか》に被ったフードが怪しさ満点だからだろう。周りに客もいないし、そっとシズカを引き寄せてフードを取ると、今度は息を呑む。

わかる。エルフってのは美しい種族だけど、シズカは可愛くて美しくて驚くよな。俺も毎日驚いている。そんで、物珍しそうにキョロキョロしているのも可愛い。

「度数高めのものを二本と、初心者でも飲みやすい甘い果実酒を頂《いただ》けますか？」

俺が少し大きな声で告げると、店員は我に返って試飲をすすめた。

果実酒をいくつか試して、シズカでも飲めそうなものを購入。ジジイ二人用はなんでも良いので適当に買った。

「ありがとうございました」

フードを被せてから、シズカを扉の外まで連れていく。店員に見送られ歩き出してから、シズカは俺の腰にぎゅっと抱き付いてきた。

「どした？」

「あんなに綺麗に微笑《ほほえ》んだらみんなリオに夢中になっちゃう……駄目です」

「駄目ですか？」

「だめです……あと……」

「あと？」

「僕もドキドキする。麗《うるわ》しすぎて……」

いや、お前がな？

○ ○ ○

獣人の国を通って、転移の許可が下りるところは転移して、ようやくマオの生まれた国に到着した。

「あー、もう帰りてぇ」

隣り合う国はなく、枯れた平地が続く。魔王城と呼ばれる城の周辺は、おどろおどろしい雰囲気で空気まで濁っているように感じた。

それなのに、マリアとメルロは好戦的な瞳をしているし、シズカはマオの頭を撫《な》でているし、ジジイ共は馬車移動が疲れたと文句を言っている。

「ようこそいらっしゃいました」

いつの間にそこにいたのか、片手を胸に当て腰を折る魔族。その頭には立派な角が二本生えていた。

「んぬ！　我は元魔王のマオぞ！　我を知っているか！」

「ええ、もちろんです。元魔王様、こちらへどうぞ」

ふよふよとそれに近寄るマオの頭を鷲掴《わしづか》みにして引き離す。

「ステラリオ！　痛いぞ！」

煩《うるさ》く喚《わめ》くのを無視。先程までマオがふよふよと浮いていた場所には一本の剣が現れている。

「あぁ、流石《さすが》エルフですね。そこの元魔王はヒトに負けたというだけでも魔族の恥晒《はじさら》しなのに、今は浄化されて共に生活していると聞きまして」

「だから何？」

「魔王様の側近である私が殺しておこうかと」

淀《よど》みない言葉にシズカが息を呑む。

「まぁ、良いでしょう。魔王様のもとへご案内いたします」

固まるマオをシズカがそっと引き寄せて、外套《がいとう》の中に押し込む。

「シズカ、出しとけ」

そんなことしたらシズカごと狙われる。

「駄目。マオさんは僕の家族だから、一緒にいる」

振り返った魔族の胡散臭《うさんくさ》い微笑《ほほえ》みが気持ち悪い。

「あのぅ、ごめんなさい。聞きたいことがあるんですけど……」

右手を軽く上げて魔族へ質問するのはマリア。

「妖精族のマダム、なんでもお聞きください」

「少し前にこちらからの呪いにやられてとっても痛い思いをしましたの。術師はどちら？」

「あぁ、血気盛んな者たちが申し訳ありません。それなら右手に見える呪いの塔の誰かでしょう」

少しも申し訳ないと思っていない様子の魔族に、マリアは怒りを隠しきれていない。

「そちらへ伺っても？」

「えぇ。案内は必要ですか？」

「結構よ。……ステラリオ様、私はそちらへ向います。シズカちゃんとマオちゃんも一緒にどうかしら？」

「僕はリオと一緒にいます。マオさん、マオさんはおばあちゃんといてくれませんか？」

間髪《かんはつ》を容《い》れずに答えるシズカ。あの対応を見て、マオを連れていきたくないのだろう。

「……んぬ。家族がいるか確かめたいのだ。我は一人で大丈夫だから、シズカとステラリオはマリアと行くが良い」

もぞもぞと出てこようとするマオをシズカが押さえる。

「僕もマオさんのご家族にご挨拶《あいさつ》したいです。今は僕が家族ですって宣言します」

ふるふると震えながらマオの頭を撫《な》でるシズカは強い。

ニコラスは当たり前のようにマリアについていく。とりあえずヤサをマリアたちにつけた。

「話は纏《まと》まりました？　元魔王の血縁は現魔王様だけです。貴方がみっともなくヒトに負けた後、ご即位された最強の魔王様となります。貴方は少しだけ早く生まれ、馬鹿みたいにすぐにヒトの国へ行き負けましたから何も知らないでしょうが、きちんとした魔王教育を受け、ご両親を殺して現魔王様となられた、とても素敵な方です」

恍惚《こうこつ》とした表情で現魔王について語り出す気持ちの悪い奴。

「あー、両親が死んでるのわかったから、正直もう良いのだが」

「いえ、魔王様がお待ちです。ご案内いたします」

俺は溜め息を一つ吐《つ》いて、シズカの手をしっかりと握り直した。

それにしても、マリアが本当にぶん殴りに行くとは思わなかった。真顔で当たり前のようについていくニコラスと苦笑いのヤサを思い出す。

こちらでは案内役の魔王の側近だという魔族の足音がコツコツと響いていた。その後ろ姿を見詰めていると、奴は振り返りもせずに平坦な声で言う。

「そんなに警戒しなくても取って喰いはしませんよ」

「信用できねー」

「していただけなくても結構です」

シズカが襟元から顔を出すマオの頭をヨシヨシと撫《な》でる。

なんだ、あのポジション。うぜぇ。あー、俺もシズカを後ろから抱き締めてそのまま寝たい。切実に。

「なぁ、今日の夕食、なんにする？」

「え、えぇ……今、聞くの？　うーん……マオさん何か食べたいものありますか？」

シズカの顔は引き攣《ひ》っている。引き攣《ひ》っていても可愛いとか、何事だよ本当に。

「んぬ！　ステラリオ、投げやりになっているな！　我はシズカのパンが食べたいぞ……！」

「パンかぁ。焼けるとこあるかな……」

シズカはマオの要望を真剣に検討している。今すぐ家には帰れないし、ないだろ。

「緊張感のない方たちですね……ハァ、こちらで魔王様がお待ちです」

呆れた声を出す魔族が重厚な両扉を開けた先には、どっしりとしたきらびやかな椅子に座る想像通りの魔王がいた。褐色《かっしょく》の肌に、デカくて黒いうねった二本の角。それに漆黒《しっこく》の翼《つばさ》。

「よく来たな……待っておったぞ」

ビリビリと肌で感じるほどの魔力に、俺はシズカの腰を引き寄せた。

「エルフ二人の献上品があると聞いていたが？」

「んなもんねぇわ」

わかっているだろうに、ニヤニヤと笑う魔王。

「それでお前たちは何をしにここへ来た？」

「んぬ！　魔王！　我は元魔王のマオだ！　主は我の家族か？　父と母はいるか？　本当に殺したのか！」

「フハハハハ！　そうだ！　俺が殺した！　お前のように弱かったからなぁ！　ヨナ！　隷属《れいぞく》の

首輪を持ってこい」

嬉しそうに出ていく側近だと言った魔族。

一方、魔王の言葉にマオはぼろりと涙を流した。そんなマオを見て優しく背中を撫《な》でるシズカ。

いや、落ち着いてるな。

「マオさん、大丈夫です。魔王さんは優しそうです」

そうなんだよな、殺気もそんな出していないし、話し方には演技が入っている。

「ってなわけで、俺、魔王。名前は七人いる嫁しか知らない。よろしく」

「……んぬ？　んぬ？」

「ちなみに父と母は殺した。俺はお前の弟に当たるが、生まれたのはほぼ同時。父と母は生まれたばかりの俺たちを殺そうとした。だから殺した。その間にお前は飛び出していったから心配していたのだが、呆気《あっけ》なく殺《や》られて魔族でもなくなったと聞いた。それもお前の人生かと思う」

うわ……マオ、本当に馬鹿。生まれてすぐに飛び出すとか馬鹿。

「あの……さっきの側近さんに言っていた隷属《れいぞく》の首輪は……マオさんにするつもりですか？」

「いや、あれは三番目の妻にだ。ヨナは俺が古《いにしえ》の魔王らしく振る舞うのが好きなのだ。首輪は自ら着けるだろう。そういうプレイだ。案内の時の無作法も許してやってほしい」

うわ……ドン引き。

「呪いの件はすまなかった。魔族の中にも派閥があってな、元魔王が消滅しているならまだしも、姿形が残っている、それも聖魔法を浴びて中途半端《はんぱ》となると消しておいたほうが良いという一派が出た」

「マオさんは僕たちの家族なので消されると困ります」

凛《りん》として言い放つシズカ。いくら殺気がないにしても怖いだろうに。

「まぁ、俺も魔王ではあるが、元は兄弟。案がないわけでもない」

「んぬ……本当か？」

「あぁ。戻ってくれれば良い。なに、俺が魔力を流し込めばすぐに魔族に戻るだろう。姿形は小さくとも魔族。翼《つばさ》の色も黒。何も問題はない」

まぁ、確かに。マオはふよふよと浮く姿が可愛いなんて言われているが、褐色《かっしょく》の肌に黒い角と翼《つばさ》は魔族のそれだ。

「マオさん……マオさんには弟さんがいました。んと、マオさんの家族です。僕は……僕たちはマオさんを本当に家族だと思っていますし、僕はメルさんとマオさんは自分の子どものように思っています。だから、どちらでも幸せになれます」

魔王と対当してる時は泣かなかったのに、今マオに説明しながら涙を流すシズカ。

「ハァ。それ以外の方法は？」

「あるにはあるが、条件は付けさせてもらうぞ」

ニヤリと笑う魔王に嫌な予感しかなかった。

○　○　○

「それで、このくらいになったら成形に入ります」

「はい！」

魔王城の厨房で人族の男にパン作りを教えているシズカ。意味わかんねぇ。

「パンが食べられるぞ、良かったなぁ」

「はい！　楽しみです！」

奴は七番目の妻だという。なんでも数百年に一度の生贄《いけにえ》の儀式として捨て置かれたらしい。

「こんなところに捨てられ魔力がないから魔力供給のために無理やり身体を開かされて、妻にされても文句も言わないのに、主食が違うのは可哀想だろう？　ふわふわパンが食べたいと隠れて泣いておったのだ」

現魔王がそう言って、シズカに紹介してきたのだ。

「食事が合わないのは辛《つら》いですよね。小麦が育たないのですか？」

「土壌が合わないのだ。比較的よく育つのはこの米という穀物だな」

「お米……！　お米があるんですね……！　すごい……」

麻袋に手を突っ込んで出されたそれをキラキラと瞳を輝かせて見るシズカ。

「知っているのか？」

「うん！　僕がいたところの主食だよ」

まじか。俺たちの里にも似た穀物はあるが、シズカが以前食べていたものとは少し違うと言っていた。

「とりあえず持ってきた小麦は置いていくから米が欲しい」

「貿易するか。もう鎖国は古いしな。人の国とは嫌だが」

「わかる」

ざっと意見を出し合い取り決めをして、俺は魔王と契約を書面に纏《まと》める。

焼き上がったパンをはしゃぎながら頬張る人族を優しく見詰める魔王。

「お前とは良き友になれそうだ」

「いや……魔王が友とか、無理。遠慮しとく」

何かに巻き込まれそう。

「ふは！　そういうところが良い。どれ、マオ、こちらに」

「……んぬ」

「本当に良いのか？」

「んぬ。我は元魔王であるが、今はシズカたちが家族で、シズカの子に生まれたかったと考えてるのだ。すまぬ」

「謝ることはない。だが、その姿でいればこれから先も狙われるだろう。俺もいつまで魔王でいられるかわからん」

次代ができたら交換だという魔族。現魔王の父と母は権力に拘《こだわ》り跡継ぎを殺そうとして殺《や》られた。

「お前から僅《わず》かに残った魔族である魔力を消す」

魔王は片手をマオの頭に乗せ、何かを摘むように指を動かす。

まず、小さな角が魔王の手の中に吸収された。次に肌から色が抜け、シズカみたいな透きとおるように綺麗な白い肌に。そして、最後に……黒く小さな翼《つばさ》も消え、その代わりに人の子……子は子でも赤子じゃないか！

「ふぇぇぇぇ……！」

「赤ちゃん……？　え、マオさん？　マオさんが赤ちゃん？」

混乱するシズカ。だが、俺も驚いている。こんな魔法は見たことがない。

「魔族である魔力を取ったらシズカとステラリオの魔力だけになった。まさか人の子になるとは俺も思わんかった。すまん！　まぁ、正真正銘お前たち二人の魔力が混じった二人の子だ。大切に育てよ」

これが魔王が提示した「それ以外の方法」だった。

魔族の魔力を抜いたマオが人の子になったのはシズカの聖魔法が多くを占めていたからだろう。

片手で雑に抱く魔王からシズカがそろそろとマオを受け取る。

「どうしよう……リオ。マオさんは僕が親で良いのかな。両親からの愛とかもわからないのに……でも……可愛い」

愛《いと》おしそうに両手でマオを抱くその姿は聖母のように美しい。

「シズカがマオの親なら俺も親だ」

このマオはシズカに似ている。シズカが母になるなら俺は父になろう。子育てなんて一生縁がないと思っていたが、シズカとだったらできる気がする。助けてくれる家族もいるしな。

可愛いあの子を囲い込もうにも、最近は凛《りん》として美しく強いシズカが囲いを越えてしまうのではと心配していた。だからその囲いが強くなるなら、赤子を育てるくらいなんともない。

可愛いあの子を囲い込むには、半身に重いくらいの執着があって、半身を溺愛《できあい》していて、魔法が使えなければならない。メルロを飼っていて、麗《うるわ》しのエルフ様にもなれないといけない。

そして二人の子が家族の絆《きずな》を深めるだろう。

可愛いあの子を囲い込むのは、俺にしかできないこと。

可愛いあの子を囲い込めるのは、やはり俺だけだ。

○　○　○

その後。

「んぶ！　あぶぶぶぶっ……んぶうっ！」

両手両足をバタバタとさせて一人で楽しげなマオ。生まれてから三ヶ月程経過して最近はよく喋《しゃべ》る。

あの魔王との対面後、本当に呪いをかけた魔族たちをぶん殴り——殴ったというよりマオを消そうとしていた派閥を根絶やしにしたマリアは、赤子となったマオを見て「曾孫《ひまご》……？」と呟《つぶや》き気絶した。

それから毎日楽しそうにシズカを手伝っている。現に今も、抱っこ大好きなマオを延々《えんえん》と抱っこして疲れ気味なシズカを連れ出し、昼寝させてくれているはず。

本当は俺が昼寝に付き添いたいのだが、幼い頃に両親から愛情を向けられなかったシズカは、俺とシズカが二人揃《そろ》ってマオを放っておくのを嫌がる。マリアとニコラス、そしてヤサが預かると言っても一緒にいたがるため、シズカが休む時はなるべく俺がマオについているようにしていた。

「んっぶ、あぶ、んぶ！　あー！」

「んぶ！」とマオが喃語《なんご》を喋《しゃべ》ると、「んぬんぬ」言っていたのを思い出す。

あまりにバタバタ動いているために音の出る玩具を握らせているので、ガラガラ煩《うるさ》い。煩《うるさ》いのは好きではなかったはずが、嫌だと思えないのが不思議だ。

「おい、そんなに振り回していたら腕、取れるぞ」

「んぶんぶガラガラあーあー」

……元気で結構。

この子はマオだが、容姿はほぼシズカだ。黒い髪も束になって見える睫《まつげ》も肌の色も、小さなシズカが一心不乱に動いているみたいで見ていて飽きない。

ふくふくしている頬を指で突《つつ》くと、その指を掴まれた。暫《しばら》く好きにさせていたが、口に運ばれ――

「いってぇ！」

噛まれた。

「んあー！　んぶぶぶぶぅっ！」

頬を軽く潰して笑顔のマオの口を開かせる。小さな歯の先が見えた。

「おー、まじか。シズカは噛むなよ」

「んぶうっ！」

「ふは、わかってんのかよ」

額《ひたい》を指で撫《な》でて隣に寝転ぶ。

元魔王のマオは小憎らしいところもあったが、人の子となったマオはシズカに似ているし、まぁ、嫌じゃない。自分でも驚くが、もっと嫉妬《しっと》するかと思っていた。

それなのにこの子がいる生活は穏やかで温かい。

成長し、俺を父と呼ぶ日が来るのだろうか。そうしたら当たり前だがシズカが母。悪くない響きだ。

「あー、んぶあー！」

「ハイハイ、そろそろ昼寝しとけ。そんでガラガラで殴るな」

マオは「あっぶあっぶ」とガラガラを口の中に。

入るわけない……うける。

「あー、可愛い。……いやいやいや……」

うわ、ない。俺がシズカ以外を可愛いとかない。

あーでもこの子は見た目シズカだから――瞳の色だけ黒と銀が混ざったような色だが、他はシズカだから。だから、可愛いもおかしくはない……でもなぁ。

「マオなんだよなぁ」

いつの間にかすぅすぅと寝息を立てているマオ。その寝息を聞いているうちに、いつの間にか一緒になって眠っていた。


開眼後すぐに眠るマオが視界に入る。気配を感じて後ろを向くと、背中にぴたりと張り付く愛しい半身。俺はそっと身体の向きを変えて抱き締めた。

「あー、可愛い」

「リオ、お留守番ありがとう」

「いや、疲れてないか？　少しは寝れた？」

「おかげさまでぐっすり。マオさんは大丈夫だった？」

「ん。んぶんぶしてた」

くすくすと笑うシズカ。

「そういや歯が生えてきてた。噛まれたからシズカも気を付けてな」

「ええっ、そうなの？　痛くはない？」

噛まれた痕《あと》を見せると、温かい光が指先を纏《まと》う。

「治癒ありがと」

「ううん。僕もマオさんの歯、見たいなぁ。起きたら見せてもらおう」

そう言いながら、シズカが治癒してくれた、すっかり痕《あと》が消えた俺の指に頬ずり。いや可愛い。

俺はその柔らかな頬を堪能《たんのう》する。

頬だけじゃ足りなくなって唇に触れていると、あぐりと甘噛みされた。

「ふふ、マオさんのまねっこ」

堪《こら》えきれずに、俺はその唇を何度も甘噛みした。


「――いってきまぁす！」

「いや、お前は世界で二番目に可愛いんだから一人で出歩くな、自覚しろ。……待て、一緒に行く」

こんな未来が来るまであともう少し。

この作品に対する皆様のご意見・ご感想をお待ちしております。
おハガキ・お手紙は以下の宛先にお送りください。

【宛先】
〒150-6019 東京都渋谷区恵比寿4-20-3 恵比寿ｶﾞｰﾃﾞﾝﾌﾟﾚｲｽﾀﾜｰ 19F
（株）アルファポリス　書籍感想係

メールフォームでのご意見・ご感想は右のＱＲコードから、
あるいは以下のワードで検索をかけてください。

アルファポリス　書籍の感想　検索

ご感想はこちらから

本書は、「アルファポリス」（https://www.alphapolis.co.jp/）に掲載されていたものを、
改題、改稿のうえ、書籍化したものです。

可愛《かわい》いあの子《こ》を囲《かこ》い込《こ》むには
〜召喚《しょうかん》された運命《うんめい》の番《つがい》〜

まつぼっくり

2025年 3月 20日初版発行

編集－黒倉あゆ子
編集長－倉持真理
発行者－梶本雄介
発行所－株式会社アルファポリス
〒150-6019 東京都渋谷区恵比寿4-20-3 恵比寿ｶﾞｰﾃﾞﾝﾌﾟﾚｲｽﾀﾜｰ19F
TEL 03-6277-1601（営業） 03-6277-1602（編集）
URL https://www.alphapolis.co.jp/
発売元－株式会社星雲社（共同出版社・流通責任出版社）
〒112-0005 東京都文京区水道1-3-30
TEL 03-3868-3275
装丁・本文イラスト－ヤスヒロ
装丁デザイン－AFTERGLOW
（レーベルフォーマットデザイン－円と球）
印刷－中央精版印刷株式会社

価格はカバーに表示されてあります。
落丁乱丁の場合はアルファポリスまでご連絡ください。
送料は小社負担でお取り替えします。

ISBN978-4-434-35136-5 C0093